人间至趣

蔡澜 作品

© 中南博集天卷文化传媒有限公司。本书版权受法律保护。未经权利人许可，任何人不得以任何方式使用本书包括正文、插图、封面、版式等任何部分内容，违者将受到法律制裁。

图书在版编目（CIP）数据

人间至趣 / 蔡澜著 . -- 长沙：湖南文艺出版社，2024.4（2024.9 重印）

ISBN 978-7-5726-1617-4

Ⅰ.①人… Ⅱ.①蔡… Ⅲ.①散文集－中国－当代 Ⅳ.① I267

中国国家版本馆 CIP 数据核字（2024）第 017263 号

上架建议：经典散文

RENJIAN ZHI QU
人间至趣

著　　者：	蔡　澜
出 版 人：	陈新文
责任编辑：	张子霏
监　　制：	于向勇
策划编辑：	王远哲
文案编辑：	刘　盼　刘春晓
营销编辑：	黄璐璐　时宇飞　邱　天
装帧设计：	梁秋晨
内文排版：	鹿　食　谢　彬
出　　版：	湖南文艺出版社
	（长沙市雨花区东二环一段 508 号　邮编：410014）
网　　址：	www.hnwy.net
印　　刷：	河北鹏润印刷有限公司
经　　销：	新华书店
开　　本：	875 mm × 1230 mm　1/32
字　　数：	160 千字
印　　张：	8.5
版　　次：	2024 年 4 月第 1 版
印　　次：	2024 年 9 月第 2 次印刷
书　　号：	ISBN 978-7-5726-1617-4
定　　价：	48.00 元

若有质量问题，请致电质量监督电话：010-59096394
团购电话：010-59320018

俗得可爱，吃得痛快。

吃好喝好做个俗人，人生如此拿酒来！

目录

如何成为专栏作家？ / 002

怎样写小说？ / 009

我的写作经历 / 011

如何出版自己的英文书？ / 019

如何开始写英文书？ / 023

关于刘以鬯先生 / 027

一些我喜欢的女专栏作家 / 032

谈谈小说改编的影视 / 036

如何开始写影评？ / 041

怎样讲故事？ / 046

绘画与摄影

如何欣赏中国画? / 050

向丁雄泉先生学习 / 052

画领带 / 056

与苏美璐谈插画 / 060

如何办一个画展? / 065

画家辛德信的一些经验 / 070

可以提升绘画素养的电影 / 075

别人传授的学画秘籍 / 080

我的摄影经验 / 082

有趣的相机分享 / 087

和周润发分享摄影经验 / 089

著名摄影师菊地和男的一些事 / 094

如何跟着时代 用摄影谋生? / 098

书法

如何开始学习书法? / 104

从《心经》开始练习书法 / 106

学习书法有什么作用? / 117

行草展花絮 / 121

可悬酒肆 / 126

书画展点滴 / 130

喜欢的字句 / 134

禤绍灿书法篆刻展 / 138

写经之旅 / 143

写招牌 / 150

碑林论艺 / 152

挥春 / 154

救命记 / 156

如何欣赏经典音乐？/ 162

欣赏爵士乐 / 164

什么是即兴音乐？ / 166

关于纳京高 / 168

如何从音乐里学习其他知识？ / 175

分享我提升音乐修养的经验 / 180

如何入门爵士乐？ / 185

如何享受音乐？ / 190

一些值得欣赏的电影主题曲 / 195

音乐电影《伟大的卡鲁索》 / 199

谈谈我的电影经验 / 205

什么笔记本适合做电影笔记？ / 213

谈谈我喜欢的女演员 / 215

李翰祥导演的伟大之处 / 220

如何欣赏电影《现代启示录》？ / 233

传奇电影 / 235

如何看电影学英语？ / 240

附录：蔡澜的影视单 / 245

写作

人间至趣

如何成为专栏作家?

很多年轻人想开始写作,也想靠写作糊口。我一直说,先得开始写呀!

今天,我又有一个访问,记者劈头就来一句:"你写专栏已有数十年,请你讲讲写专栏的心得好吗?"

这个问题从来没有人问过,我很感谢这位记者,回答了她之后,在这个深夜做一个较为详细的结论,也可以和年轻人分享一下经验。

专栏,是香港独有的文化,也许不是香港始创的,但绝对是香港发扬光大的。每一家报纸必有一至两三页的专栏,这能决定这家报馆的方向和趣味,虽然有很多人写,但总能集合成代表这家报纸的主张。

我认识很多报社的老板和总编,他们都是一览新闻标题之后，就即刻看专栏版，可见多重视专栏。

专栏版做得最好的报纸，远至二十世纪六十年代的《新生晚报》，到查良镛（金庸）先生主掌时期的《明报》和二十世纪七八十年代的《东方日报》。

专栏版虽然有专门负责的编辑，但最终还是由报馆老板本人或者全权主理的总编辑去决定由谁来写。

《新生晚报》的专栏，有位明星专栏作家，叫十三妹，她从一九五八年开始写到一九七〇年逝世，整整十二年红得发紫，每个星期收到的读者来信都是一大扎一大扎的，当年没什么传真或电邮，只有用写信这个方式，与作者沟通。

十三妹的特色，在于她对外国文化的了解，那个年代出国的人不多，读者都渴望从她身上得到知识，而且她的文字也相当泼辣，左、右派都骂，读者看得大快人心。

在《明报》和《东方日报》的全盛时期，倪匡、亦舒、黄霑、林燕妮、王亭之、陈韵文等百花齐放，更是报纸畅销的主要因素之一。

外国报纸，没有专栏，也不靠专栏版吗？

那也不是，国外专栏的影响力没那么大罢了。他们的专栏一个星期写一次，插在消闲版中，没有特别设一页，也没那么多人写。成为明星专栏作家的也有，专栏作家包可华是具代表性的，从他出现以前或之后,你也看不到有哪个人可以代替他。

说回香港,专栏版的形成,被很多所谓严肃文学的作者批评为因编辑懒惰,把报纸分为方块,把作者来稿塞进去了事,故也以豆腐块或方块文字来讥讽。

但不可忽视的是,香港的这种风气,影响到全球华文报纸,当今几乎每一家都刊有此版。最初是星马①一带,多数报纸把香港报纸的专栏东剪一块,西切一块填满,也不付作者稿费。

有一回我去追讨稿费,到了槟城②,找到报馆,原来是在一座三层楼的小建筑里面,一楼发行,二楼印刷,三楼编辑。因受当地反华的影响,读者又不多,报馆只得刻苦经营。我看到后心酸,跑上三楼,紧紧握着总编辑的手,道谢一声算数,毕竟对方将我的文章带到了南洋。

那个年代,到了泰国和越南一游,都遇同样刻苦经营的华文报纸,很多要靠连载小说的专栏,才能维持下去,而被盗窃得最多的当然是金庸、梁羽生、古龙和倪匡的作品,亦舒的小说也不少。

当今,这些报馆已发展得甚有规模,有些还被大财团收购,当成经商的工具之一,势力相当雄厚,如果作者不追稿费就不行了。稿费虽然只是微小的数额,至少到当地一游时,作者可以拿

---

① 指新加坡、马来西亚。——本书注释均为编者注
② 马来西亚的十三个联邦州之一。

稿费吃几碗云吞面。

除了东南亚，欧美地区的华文报纸都纷纷推出专栏版。当今人懂得什么叫本土化，转载香港专栏的已少，多数专栏是当地作者执笔，发掘了不少有志于文化工作的年轻人，亦是好事。

说到连载小说，昔日专栏版占重要位置，但因香港生活节奏快，人们看连载小说的耐性已逐渐减少，金庸先生又封笔了，所以连载小说也逐渐在专栏版中消失。

至于台湾，报纸上的专栏版也相当重要，他们有专人负责，都是到外国去读怎么编这一版位的，文章长短每日排版不同，并非以豆腐块来填满。

这种灵活的编排十分可取，也适合台湾那种生活节奏较慢的社会情形，读者可以坐下来静静看一长篇大论的文章，但这种方式一搬到香港来就失去了意义，而且作者不是天天见报，读者就没有了亲切感。

"你写了那么多年专栏，为什么不被淘汰？"记者说。

这个问题问得也好。

长远写了下来，不疲倦吗？我也常问自己。我也希望有更多、更年轻的专栏作者出现，把我这个老头赶走。

"当今的稿费好不好？不写是不是少了收入？"

在香港文坛，专栏作家的收入，到今天算好的了。但我们这群所谓老作者，都已有其他事业，停笔也不愁生计。

专业写作的当然有，像李碧华，但她也有写小说和剧本的丰收。亦舒的专栏很少，她还要每天坐下来写长篇小说，是倪匡以外的少数以笔为生的一位人物。

我从不以为一代不如一代，相信青出于蓝，新的专栏作者一定会出现，但是要写专栏的话，必要从知道什么是专栏的精神开始。

这种精神的神髓，主要来自耐看，举一个例子，像一幅古代的山水画，很平淡，却愈看愈有滋味。岭南派的画作，非常逼真，即刻吸引人家看，但始终不是清茶一盏，倒像浓咖啡和烈酒，喝多了生厌。

作者要有丰富的人生经验，一样样拿出来，比较容易被接受。有几分小聪明，一鸣惊人，但所认识的事物不多，也不是理想的专栏作者，有次出现了一个，专栏写得十分好看，但金庸先生很了解这个人，说："看他能写多久。"

果然，几个月下来，十八般武艺已用光，他自动出局。

作者需要不断地吸收，才能付出，要不耻下问。旅行，交友，阅读，爱戏剧、电影、绘画、音乐等，是基本的条件。专栏作者和小说家完全是两码子事，后者可以把自己藏起来，编写出动人的故事，但是前者赤裸裸地每天把生活点滴奉献给读者。专栏作者想过什么、做过什么,是读者在每天的专栏看得清清楚楚的,是假装不出来的。

为什么好作者很少出现,这和生活范围有关,有些人写来写去,都谈些电视节目,那么这个人一定是宅男宅女,不讲连续剧,也只剩下讲电子游戏了。

有些人以饮食专家的身份现身,一接触某某米其林餐厅,就大赞特赞,也即刻露出马脚。

更糟糕的是写自己的父母、兄弟姊妹、子女、亲戚,甚至家中的猫猫狗狗,一点友人的事迹也不提到。这个作者一定很孤独,孤独并非不好,但必须有丰富的幻想力,不然也会遭读者摒弃。

我们这些写作人,多多少少都有发表欲,既然有了,就没必要装清高,迎合读者不是大罪。

"作者可以领导读者。"有人说。

那是重任,并非被歧视为非纯文学作品的作者应该做的事,让那些曲高和寡的大作家去负担好了。专栏,像倪匡兄所说,只有两种,好看的和不好看的,道理非常简单,也很真。

真,是专栏作者的本钱,假的文章容易被看穿,如果我们把真诚的感情放在文字上,读者也许不喜欢,可是一旦爱上,就是终生的了。

"如果你籍籍无名,又没有地盘,如何成为一个专栏作家?"这也是很多人问的问题。

我想我会这么做：首先，我会写好五百字的文章，一共十篇，涉及各种题材，然后发到各个社交媒体。

如果我写得不好，那没话说了；如果精彩，读者求也求不得，哪有拒绝你的道理？很多新媒体的预算有限，更欢迎你这种廉价劳工。

一被采用，持不持久，那就要看你的功力了。

或者，换一方式，十篇全写同一题材。以专家姿态出现，像谈摄影相机、谈计算机、分析市场趋向、分析全球大势、分析今后的发展等，也是一种明显的主题。

既然要写专栏，作者记得多看专栏，仔细研究其他作者的专栏的可读性因素何在。我开始写专栏时，先拜十三妹为师——她是专栏作家的老祖宗，本人未见，但读遍她的文字，知道她除了谈论国际关系、文学、音乐、戏剧，也多涉及生活点滴，连看医生、向人借钱，也可以娓娓道来，这才能与读者融合在一起。

我每次下笔，都想起九龙城"新三阳"的老先生，他每天做完账，必看我的专栏，对我的行踪了如指掌，当我写外国小说、电影和新科技时，我会考虑到老先生对这些是否有兴趣。

所以，这些题材我偶尔涉及，还是谈吃喝玩乐为妙，这到底才是生活！

怎样写小说？

"怎样写小说呢？"年轻人问，"我很想写与亦舒的一样的爱情小说。"

"那就拿起笔来，开始写吧。光是想，没有用的。"

"也要懂得怎么写才行呀！"

"会说话，就会写。会想象，写得更好。"

"我不会修辞呀！"

"不必修辞。像讲话一样，想讲什么就写什么。话，你会讲吧？"

"那不会被人批评说辞藻不美吗？"

"只要你能写得吸引读者，辞藻美不美是次要的。总之要多看别人的作品，自己多练习去写，别光考虑发表，当成基本功。"

"写了不发表,不是白费功夫?"

"你要是这么想,就别写了。记住我们学绘画、学音乐,都是用来陶冶性情的。要是想成什么家什么家,那么人负担太重,就变成次等货色。"

"如果只是好看,而没有文学价值,不会被人骂浅薄,不够严肃吗?"

"有文学价值,那是在你死后几百年,还有人看你的作品,才叫有文学价值。自称有文学价值的严肃东西,是一小圈子的人决定的,你可以不必管它。"

"这么说,你否定那些所谓严肃文学?"

"不。各走各的路。严肃的东西比较曲高和寡,少人看。这点你要认识清楚,我最讨厌那些大喊自己写的是严肃文学,又抱怨自己写的书没人买的家伙。"

"要怎样才能当上一名畅销小说的作者?"

"倪匡兄也说过,小说只分两种:好看的和不好看的。你写的故事动人,就是好看的。你写的东西枯涩,令人看不下去,就是不好看的。"

"大家都推崇张爱玲,我要不要学她?"

"学张爱玲的老师——《红楼梦》好了。"

我的写作经历

问：你本身是个作家，还没问过你写作的事，从什么时候开始写的？

答：你我一样，都是在念小学的时候，从老师叫我们写作文开始写的。

问：正经一点好不好？

答：我讲这句话，是有目的的，等一会儿再转回来谈。如果你是问我从什么时候开始赚稿费，那是在中学。我投稿到一家报馆，发表了。得到甜头之后陆续写，后来靠稿费带女同学上夜总会。

问：从那时候写到现在？

答：不。中间去外国留学就停了，后来为事业奔波，除了写信，没动过笔。四十岁时，工作不如意，才开始写专栏。

问：是谁最先请你写的？

答：周石先生。那时候《东方日报》好像由他一个人负责，包括那版叫《龙门阵》的副刊。周石先生很会发现新作者，他常请人吃饭，私人聊天，听到对方在饭局上说故事说得精彩，就鼓励他们写东西，我是其中一个。

问：后来你也在《明报》的副刊上写过？

答：是，我有一个专栏，叫《草草不工》，用到现在。

问：《草草不工》不像一般专栏的栏名，为什么叫"草草不工"？

答：草草不工，不工整呀！带谦虚的意思。当年向冯康侯老师学书法和篆刻，他写了一个印稿给我学刻，就是"草草不工"这四个字，我很喜欢。这方印，在报纸上也用上了。

问：那时候的《明报》副刊人才济济，很不容易挤进去，是怎么让你在那里发表的？

答：在《龙门阵》写，有点成绩，才够胆请倪匡兄推荐给金庸先生。当年金庸先生很重视这一版副刊，作者都要他亲自挑选，结果他观察了我一轮文章之后，才点头。后来做过读者调查，老总潘粤生先生亲自透露，说看我东西的人最多，算是对金庸先生有个交代。

问：怎么写，才可以写得突出？

答：要和别人有点不同。当时的专栏，作者多数讲些身边的琐碎杂事，我就专门讲故事，或者描写人物，或者谈谈旅游。每天一篇，都有完整的结构。几位写得久的作者说我写得还好，问题在于耐不耐久，他们没想到我刚开始就有恃而来。

问：这句话怎么说？

答：停了写作那几十年之中，我不断地与家父通信，大小事都告诉他，至少一星期一两封。我也一直写信给住在新加坡的一位长辈兼老朋友曾希邦先生。写了专栏，我请他们二位把我从前写过的信寄回来，整箱整箱地寄，等于翻日记，重看一次，题材就取之不尽了。

问：你的文章中，最后一句时常令读者出乎意料，这是刻意安排的吗？

答：刻意的。我年轻时很喜欢看欧·亨利的文章，多多少少受他的影响，爱上他的写作技巧——终局的twist（转折）。周石先生说那是一颗"棺材钉"，钉上之后，文章就结束。

问：怎么来那么多"棺材钉"？

答：一篇文章的结构，跳不出起、承、转、合这四个步骤，但是不一定要依这个次序去写，把"转"放在最后，不就变成"棺材钉"了吗？

问：要经过什么基本训练吗？

答：基本功很重要。画画要做素描的基本功，写字要做临帖的基本功。

问：什么是写作的基本功？

答：看书。像干电影业的人，不看电影怎行？写作人基本上是勤于读书的人，需要从小就爱看书，从小不爱文学，最好去做会计师。

问：你是从看什么书开始的？

答：小时看连环图，大一点看经典，像《三国演义》《水浒传》《西游记》《红楼梦》等，都非看不可。中学时代是人一生之中最能吸收书本的时候，什么书都生吞活剥。只有在这年代，你才有耐性把长篇的《约翰·克利斯朵夫》《战争与和平》《基度山恩仇记》等看完。像一个发育中的小孩，怎么吃都吃不饱。经过那段时期，就很难接触到那么厚的书了。当然，除了金庸先生的武侠小说。

问：我也经过了那段时期，我也想当一个专栏作家，你认为有可能吗？

答：啊，现在可以回到刚才所说的，做学生时，你我都写过作文。我认为会走路的人就会跳舞，会举笔的人就会写文章。你想当作家？当然有可能，不过跳舞的话，跳步（舞步）总得学，写作也要练习。光讲是没有用的，你想当作家，就先要拼命写，写，写。发表不发表，是写后的事。为了发表而写，层次总是低一点。不写也得看，每天喊着很忙，很忙，看来看去只是报纸或杂志，视线都狭小了。眼高手低不要紧，至少好过连眼都不高。半桶水也不要紧，好过没有水。当今读者对写作人的要求不高，只有半桶水也能生存，我就是一个例子。

问：你为什么不用粤语写作？

答：我也想尝试，但是我的广东话不灵光。香港有许多用粤语写作的文人，因为他们是以粤语思考的。我写东西，脑子里面讲的是华语，所以只懂得用这方法写作。而且，我觉得用华语能够接触到某一种方言以外的读者。写东西的人，内心里都希望有多一点人能够看到。

问：所以人家说你的文字简洁，就是这个道理？

答：只答中一半。我选用的文字尽量简单，像你我在聊天，我没有理由用太多繁复的字眼。当今的华文水平愈来愈低落，有些人还说金庸先生的作品是古文呢。（笑）文字简单也是想让多一点人看得懂。至于说到那个"洁"字，是受了明朝小品的影响，那一代的作家，短短的几百个字就能写出人一生的故事。我很喜欢。但对于赚稿费，一点帮助也没有。（笑）

问：你的文章看了好像随手拈来，是不是写得很快？

答：一点也不快，一篇七百字的东西要花一两个钟头。写完重看一遍，改。放了一个晚上，第二天再看，再改。这是我父亲教我的写作习惯。至于题材，我则每时每刻地思考，想到一个，就储起来，做梦也在想，现在和你谈天也在想。

问：你一共出了多少本书？

答：已经不去算了，反正天天写。七百字的短文，一年可以集成三本左右；一星期两千字的话，一年集成两本。写餐厅批评八百字的，一年也是两本。

问：都是发表过的文章？没有为了出版一本书而写的吗？

答：先在报纸和周刊上赚一笔稿费再说，中文书的销路实在有限，单单出书得不到平衡。

问：为什么你讲来讲去，都讲到钱？

答：为理想而不顾钱的情形，在我的人生中也发生过，但是不多。不过钱多一个零少一个零对日常生活也没什么改变，钱只是一种别人对自己的肯定，我是俗人，我需要这份肯定。

问：要是在美国或日本的话，你的版税一定不得了。

答：我从前在电影公司做事，一位上司也向我这么说。我回答说，当然不得了，但是如果我生活在泰国，谁会找我出中文书？做人，始终是比上不足，比下有余，知足常乐。

问：听说你的稿费很贵？到底有多少？

答：唉，年老神衰，写不了那么多，对付那些前来邀请的新办杂志编辑，我只有吹牛说人家付我每年一百万港币，你给得起的话，再说吧！

问：你的稿费就算再高，研究纯文学的那班人也从来看你不起，他们一向提都不提你。

答：（嬉皮笑脸）不要紧。

问：你有没有想过你的文章能不能留世？

答：倪匡兄也遇到一位所谓纯文学，或者叫严肃文学的作者。她说："倪匡，你的书不能留世，我的书能够留世。"倪匡听了，笑嘻嘻地说："是的，我的书不能留世，你的书能够留世。你留给你儿子，你儿子留给你孙子，就此而已。"倪匡兄又说："严肃文学，就是没有人看的文学。"

问：哈哈！他真绝。

答：能不能留世，根本就不重要，最重要的是保持一份真，有了这份真，就能接触到读者的心灵。倪匡兄说过他就是靠这份真吃饭，吃得很多年。

问：你难道一点使命感也没有吗？

答：有了使命感，文字一定很沉重，和我的个性格格不入。

问：你的文章中有很多游戏，又有很多歪曲事实的理论，不怕教坏青少年吗？

答：哈，要是靠我一两篇乱写的东西就能影响青少年，那么教育制度就完全崩溃，每天花那么多小时读的书，都教不出他们判断力，多失败！

问：你写的多数是小品文，为什么不尝试写小说？

答：我也写过一本叫《追踪十三妹》的小说呀。

问：我看过，还没写完。

答：我会继续写的，都是用第一人称，新书只说一个新人物，也认识十三妹这位二十世纪六十年代的专栏作家。多写几本，也是想把每一个人物都串联起来。我这一生，只会写这一辑小说。

问：什么时间才写？

答：等我停下来。

问：你停得下来吗？

答：（呆了一阵子）大概停不下来吧。

问：对于写作，你可以做一个结论吗？

答：记得十多年前有本杂志，叫什么读书人的，请金庸先生亲笔写几个字，他老人家录了钱昌照老先生的《论文》诗，诗曰：

文章留待别人看，

晦涩冗长读亦难。

简要清通四字诀，

先求平易后波澜。

如何出版自己的英文书？

我虽然还在继续写，新书不断地出版，但我还有一个区域未涉及，那就是翻译。我以前的文章被翻译成日文的和韩文的，未译成英文的。

我一直有这个心愿——将我的文章译成英文的，当今来完成，最适宜不过。但过往经验告诉我，文字一被翻译，怎么样都会失去味道。翻译是最难的一门功夫。

那段时期我想了又想，认为还是不靠别人来翻译，用自己的文字来写最传神。我的英文并不够好，可以应付日常会话而已。多年来我看了不少英文小说，多多少少学了一点英文写作方法，但永远也不会比母语是英语的人强。

不要紧，就那么写就是了。

读者对象是我的干女儿阿明，她从小在父母亲生活的苏格兰小岛长大，没机会接触中文。我的书她从来没有看过，也不会了解我这个干爹是做什么的，我要用我粗糙的英文来讲故事给她听，也希望其他不懂中文的友人能够阅读到。

仅此而已。

我把这个意愿告诉了阿明的母亲——我数十年来合作的插图师苏美璐，她也认为这是一个好主意。她建议由与她住在同一个小岛上的一位女作家贾尼丝·阿姆斯特朗（Janice Armstrong）来为我润饰，我翻译过她写的 *The Grumpy Old Sailor*（《坏脾气的老水手》），相信这次也能合作得愉快。

我也写了电邮给我的老朋友俞志纲先生，他是英文书出版界的老前辈，我自然要请教他的意见。俞先生起初以为我想用英文介绍餐厅和美食，他认为应该有销路，并推荐了一些出版社给我，建议我可以先印一千本试试看。

回邮上我说在这个阶段，名与利已看淡，如果再要去求出版社，一定有诸多限制，我还是采用Kindle（亚马逊的电子阅读器）的自助出版方式自由度较大。

当今这种简称为KDP的Kindle Direct Publishing（亚马逊自助出版平台）已很普遍，中文书的出版体系尚未成熟，但英文书已有一条正规的出版途径。在网上一查，便会出现各种介绍，Facebook（社交工具，脸书）上更有经验丰富者的口述，仔细地把整个过程讲解给你听。

不过鸡还没生蛋，想这些干什么。

首先一定要把内容组织起来。最初的文章写作得借助老友成龙了，我把他在前南斯拉夫拍戏受伤的过程用英文描述出来（指成龙在1986年拍摄《龙兄虎弟》时的经历。当时南斯拉夫尚未解体），以引起读者的兴趣。人家不认识蔡澜，但怎会不知道成龙是谁？

再下来是写我在韩国拍戏时的种种趣事和我早年旅行的经验。

我每天花上四五个小时做这件事，每写完一篇就传给苏美璐，再由她交给贾尼丝去修改。

有时一些浅白的话语她也来问个清楚，我就知道这是西方人不可接受的描述，干脆整段删掉，一点也不觉得可惜。我监制电影时，会把拖泥带水的剧情一刀剪了，但导演花了心血，一定反对。换成我写的文章，我自己不反对就是，一点也不惋惜，反正其他内容够丰富。

贾尼丝一篇篇读完，追着问我还有没有新的，我听到了，心才开始安定下来。

有了内容，才可以重新考虑出版的问题。俞志纲先生来电邮说在过往十年中，英文书的出版市场已被五大集团吞并，分别为哈珀·柯林斯（Harper Collins）、企鹅（Penguin）、麦克米伦（Macmillan）和贝塔斯曼（Bertelsmann），最后加上法国的阿歇特（Hachette）。不过还有些小公司。假设我找到一家英国的，再包一千册的销售量，合作的可能性就大了。

他还说如果有第一本样书，不妨考虑去法兰克福，那里每年都有一个盛会（法兰克福书展），其间大小出版商云集，商谈版权转让、合作出版、地区发行等。如果考虑参与的话，一定会有所斩获。

要是没有疫情的话，也许我会去走走。我的老友潘国驹的世界科技出版公司每年都参与，跟他去玩玩也是开眼界的事。但疫情下已不知道什么时候可以旅行，这个构想太过遥远了。

目前要做的是一心一意把内容搞好，在KDP上尝试也不一定实际，不如请我生意上的拍档刘绚强兄帮忙。他拥有一个强大的印刷集团，单单一本书也可以印得精美。等到内容够丰富时，可请他印一两百本送朋友。心愿已达成，不想那么多了。

如何开始写英文书？

为了出版英文书，我这段日子每天写一至两篇文章，日子很容易就过，热衷起来不分昼夜。我们的"忘我"，日本人称为"梦中"，实在切题。

每完成一篇文章，我即用电邮传送苏美璐，再由她发给作家贾尼丝·阿姆斯特朗修改。另外传给钟楚红的妹妹卡罗尔（Carol Chung），她已移民新加坡，全部以英文写作和思考，儿女长大后较为得闲，由她润色，把太过英语化的词句拉回东方色彩，这么一来才和西方人写的不同。

苏美璐的先生罗恩·桑福德（Ron Sandford）也帮忙，美璐收到文章给他过目，他看完说："蔡澜的写作方式已成为风格，真像从前的电报，一句废话也没有。"

当今读者可能已不知道电报是怎么一回事了，昔时以电信号代表字母，像"点、点、点"是一个字母，"点、长、点"又是另一个字母，加起来成为一个字。每一个字打完，后面还加一个单词"stop"（结束），用来表示完成。

拍电报贵得要命，价钱以每个字来算，所以尽量少写，有多短写多短，只求能够达意，绝对不多添一句废话。这完全符合我的写作方式。

我虽然中学时上过英校，也一直喜欢看英文小说，英文电影看得更多，和洋朋友进行普通英语对话也可以过得去，但要写出一篇完整的英文文章，还是有问题的。

我会在语法上犯很多错误。小时学英文，最不喜欢什么过去时、过去进行时等，一看就头痛，绝对不肯学。我很后悔当年任性，致使我没有经过严格的训练，现在用起来才知会犯错。

好在卡罗尔会帮我纠正，才不至于被人当笑话。我用英文写作时一味"梦中"地写，其他的就交给贾尼丝和卡罗尔去办。

最要紧的还是内容，不好看的话，什么都是假，但自己认为好笑，别人不一定笑得出，尤其是西方读者。举个例子，我有一篇文章讲我在嘉禾当副总裁时，有一天邹文怀走进我的办公室，看书架上堆得满满的，尽是我的著作，酸溜溜地暗示我不务正业，说："要是你在美国和日本出那么多书，版税已花不完，不必再拍电影了。"我回答说："一点也不错，但要是我在柬埔寨出那么多书，早就被送到杀戮战场了。"

用中文来写就行，一用起英文，贾尼丝就不觉得幽默，若只有一两段如此，我即刻删掉，但是整篇文章放弃就有一点可惜。我不知道贾尼丝为何不了解，卡罗尔就明白。我到底是坚持采用，还是全篇丢掉呢？到现在还没有决定，我想到了最后，还是会放弃。

要写多少篇才能凑成一本书呢？以过往的经验，我在《壹周刊》写的长文每篇约两千字，编成一系列的书，像《一乐也》《一趣也》《一妙也》等，每一个专题出十本书，每凑够四十篇就可以出一本。以此类推，英文的文章有长有短，要是有六十篇，就可以了吧？

我现在已存到第五十二篇了，再有八篇就行。从第一篇至第五十二篇，我都是想到什么写什么，有的写事件，像成龙跌伤等；有的写人物，像邂逅托尼·柯蒂斯（Tony Curtis）等；有的写旅行，像去冰岛看北极光等。文章任意又凌乱地排列，等到出书时，要不要归类呢？

我写的旅行文章太多了，故只选了一些较为冷门的地方，如马丘比丘、塔希提岛等，要不是决心删掉，就有好几本书了。我这本英文书绝对不可以集中在这个题材上面，所以法国、意大利等，完全放弃。

关于吃的文章也不可以太多，我选了遇到保罗·博古斯（Paul Bocuse）时请他煮一个蛋的故事。太普通的都删除了。

关于日本，我出过至少二十本书，到最后只选了几个人物，像一个吃肉的和尚朋友加藤和一个把三级明星肚子弄大的牛次郎。

关于电影的文章也太多了，只要了《一种叫作"电影导演"的怪物》和《范·克里夫的假发》那几篇，都是我的亲身经历和我认识的人物。

剩下的那八篇要写什么，到现在还没决定，脑海中已经浮现了微博上的有趣问答、与蚊子的生死搏斗和疫情中的日子怎么过等题材，边写边说吧。

文章组织好后，苏美璐会重新替我画插图，众多题材都是她以前画过的，现在新的这批画作，我有信心会比文章精彩，我一向都是这么评价她的作品的。

如果英文书出得成，到时和她的一批原画作一起展出做宣传，较有特色。

这本书，像倪匡兄的《只限老友》，我的是《只限不会中文的老友》。书若出不成，自资印一批送人，目的已达成。

关于刘以鬯先生

家父爱读书,闲时吟诗作对,跟了邵仁枚、邵逸夫两兄弟到南洋找生计,还是不忘文艺,在当地结交的也多数是中文底子极深的好友。

其中一位叫许统道,收藏之书籍更是惊人。他知道当年作家们生活贫困,还不断地寄钱、寄药。其他朋友,虽然多是商人,谈起诗词来也眉飞色舞。

这群人聚集,偶尔也做通俗的事:打打小麻将,来打发没有四季的日子。今天来了一位贵客,也来玩几手,那就是在文坛鼎鼎大名的刘以鬯先生。

受家父影响,我也从小爱读书。报纸当然每天要读,最喜爱的是副刊,而看到了就如获至宝的是刘以鬯先生的短篇小说,我对这位作家崇拜得不得了。

刘先生坐在麻将桌之前我想上前去和他握握手,但有个人一下子把我推开了,抬头一看,是一个叫姚紫的人,他也是家中常客,写过一两本小说,但是与我心目中的小说家形象完全不同,这个姚紫一点也不紫,是发黑、脸黑、手黑,胡子和臂毛都长满了,两颗门牙如西瓜刨的,中间那条缝把它们分得极开。

"刘先生,您好,您好。"姚紫兴奋地叫了出来。

刘以鬯先生也叫了出来:"别那么大力!"

"?"姚紫愕了一愕。

刘先生继续语气不愠不火:"我是靠手维生的,你那么大力握,握断了骨头,我可要找你算账。"

这时大家都笑了出来,我更加佩服刘先生了。

看他打牌也是一件乐事,打到中途,报馆来电话,找到我家里,他接听之后就叫我这个小弟弟替他搬来一张小桌子,拿出稿纸,等人发牌时就把它当成缝纫机,不断地"织"出文字来。

长大后,我就一直没再见过刘先生了。他的书,像《酒徒》《寺内》《对倒》等,一本本看了又看,如痴如醉。

后来,我自己也卖文字,都是一些游戏之作,精神上极受刘先生影响,读刘先生的短篇,很像读欧·亨利的,时有预想不到的结局。

从此我也学习了这个写作的传统,要到最后一句话才说出主题,我的读者们也喜欢,常问我说英文有"punch line"这个词,中文呢?我半开玩笑地说:"叫'棺材钉'好了。"

刘先生的这一类短篇,在南洋时写得最多,当年我也一篇篇从《南洋商报》上剪了下来贴成一本,可惜多年后遗失了,一直想重读,却一直没有机会。

来到香港定居后,经常想念刘先生,但我们这些游戏文章的执笔人与香港的纯文学圈子无缘,几十年下来也没见过刘先生。直到最近,做电子书的傅伟强和杜沛梁来电,说约了刘先生,问我有无兴趣见面。我欣然前往。

刘太太罗佩云扶着刘以鬯先生来到,两人依然有才子佳人的影子,一坐下来,我问刘先生今年贵庚。

"一百岁。"他说。

刘太太笑着:"刘先生一九一八年出世,还没到一百岁,他总喜欢说个整数。"

当晚吃的是粤菜,而刘先生是上海人,一定想吃些正宗一点的沪菜,我约了大家再去土瓜湾美善同里的一家叫"美华"的菜馆,那里做的蛤蜊炖蛋还是很正宗的。

见面时刘太太拿出刘先生的《热带风雨》送给我,令我喜出望外,他在南洋发表的那些短篇小说全部集齐,由获益出版事业公司出版,这是刘太太花了多年的心血和多少个不眠不休的晚上，从旧稿中一篇篇地集合起来的。

更可贵的是在内页之中,看到刘先生在一九五二年摄于新加坡的旧照,样子绝对比梁朝伟英俊,也有刘太太一九五五年穿着马来人常穿的纱笼的照片,我见到她时心中已大赞她年轻时一定是位大美人,旧照则证实了我没看错。

"结婚多久了?"我问。

"就快钻石婚(六十周年)了。"刘太太答。

这些年,刘先生的生活都多得这位贤淑的太太照顾,他自己埋首于写稿和他的兴趣里面。玩些什么?集邮票呀、砌模型呀、收集陶瓷呀。刘先生发挥了一边打麻将一边写稿的本领,也可以一边写写稿一边把模型砌好。什么模型?火车的那种,车轨旁边有房屋、山洞、营帐、驻军,一切照原尺寸缩小,异常精密。

邮票呢,有买有卖,赚了不少钱,刘先生说。也许他们在太古城的房子就是那么买的,当年就算写多少稿,也不容易储钱。至于陶瓷,刘先生已把普通的出让了,留下石湾最精巧的,其中一个公仔还是倪匡兄送的。

还没有到无所不谈的阶段,但我也绕个圈子问刘太太:"刘先生,当年爱慕他的女人可真多,顾媚在自传中也坦白承认过。"

"那个年代的刘先生,怎会没有女人喜欢呢?既然说刘先生是心爱的人，就不应该把以前的交往当宣传。"

最后还是不管三七二十一地问了："刘先生在结婚之后就没拈花惹草吗？"

刘太太笑了："这么说吧，我的命好过倪匡夫人。"

后记：《热带风雨》还没有电子书，读者若有兴趣可购买刘先生的《酒徒》《打错了》《对倒》和《一九九七》，可到苹果手机的App Store（应用商店）下载Dreamobile Ltd的"爱读书"。

一些我喜欢的女专栏作家

人的乐趣，除酒色财气之外，最重要的还有一件事，叫读书。

香港人没有耐性看长篇大论的文章，专栏的小方块便成了香港一种独有的文化。

谈香港的专栏作家，太过广泛，不如集中在女专栏作家，更乐也。

明星级的女专栏作家，不能忘记在《新生晚报》写的十三妹，她的专栏名字跟着季节改变：《我爱夏日长》《一叶集》《冬日随想录》《迎福挥春①集》等。读她的文章像喝酸辣汤，许多读者都迷上她的爆炸性文字。

---

① 粤语中是春贴的意思。挥春和春联最大的区别，就是春联一般都是成对的对联，要讲究对仗、平仄。但挥春可能只有一两个字，或是四字词语。

主要她还谈绘画、文学、音乐、电影，介绍许多外国的文化，因此启蒙了不少年轻写作人。我有个愿望，是有一天能把她的作品集合出书，让不认识她的读者欣赏。

陆离的专栏不多，读《中国学生周报》时代对她认识的读者，都知道她有童稚的纯真。陆离的笔名有人说是来自"光怪陆离"，其实应是《楚辞》的"长余佩之陆离"。她爱电影、爱文学、爱漫画。有一段时期她封笔，后来又喜见她在《快报》写的专栏。陆离的文字和十三妹的完全相反，从不带一点点的火药味，令人看得舒服无比。

怀念写《粉红色的枕头》时期的林燕妮，她也很少骂人，只有时对男性的愚蠢发发牢骚而已。她的另一个专栏《懒洋洋的下午》，读了真的会懒洋洋地进入绮梦。

亦舒用依莎贝笔名写专栏，面目很多：谈《红楼梦》、买名牌、骂男人、骂女人、骂演员、骂导演，最近有时出现比较温和的带小孩子的乐趣。

有个时期，她棱角尖锐，编辑先生吩咐属下不要得罪她，她未够年龄，杀人不偿命。

燕妮写《粉红色的枕头》。亦舒说她要写《浅紫色的底裤》。

曾经沧海后，她的小品并未归于平淡，时有不饶人的佳句。

许多移民到外国的作者都失去了香港触觉，亦舒则不同，无论她去了哪里，专栏还是那么好看。

亦舒家里有个遗传性的毛病，那就是有时控制不了的感情爆发，一批评起人来就口无遮拦。当然，她的对象只是亲友。但想不到有一天另一个女专栏作家把她的电话录了音，到处放给与内容有关的人听，引起一群女作家对她"围剿"。不过这事也被淡忘了。大家都知道她是无心的，又从头和她做起朋友。

白韵琴的专栏虽然有很多人批评为"谁和谁吃饭"罢了，但是想在她的专栏里看到自己有没有出现的读者不少。她长年写作，从不断稿，写得好不好见仁见智，却是一个奇妙的存在。

另一个常骂人的是陈韵文，很少指名道姓。许多被她弹的人都不知道她讲的是谁。她写得最好的是《定格》专栏。

她从来不交行货（指加工不精细的作品），写至最后一个字还要挤出更好的。当年没有fax（传真机），她常乘的士过海去送稿。

陈韵文也有陆离一般的童真——不，不能说是童真吧，简直是像小孩子搞恶作剧。她住加多利山的时候曾有个邻居叫许冠文，不知道在什么地方得罪了她，陈韵文三更半夜地把他汽车的四个轮胎的气都放光了。米高（许冠文），这么多年后，你知道谁是元凶了吧。

读李碧华的《白开水》已经多年了，她的特点是读者从来不会感到她的文字是陈腔滥调，这非常难得。

有个时期她跑到京都大学去钻研文学，现在多写中国内地的人物和小说，可读性极高。

林冰（笔名为阿吉）的专栏出现在娱乐版，她曾经告诉我她喜欢走险招。什么都写，骂到艺人牙痒痒又不敢不承认是事实时，是她最快乐的时候。

所以林冰的文章好看。

她不一定是受人钱财，替人消灾，但有赞有弹，已达到宣传上映片子的目的。

早年，读她在迟宝伦编的旅游杂志上写的文章，已知她非池中之物。林冰是成功的，听说她的房子买了一栋又一栋。在专栏作家中，她应算最有钱的其中之一吧。

很少看到像梁玳宁那么有爱心的人，不但不骂人，还整天收集秘方替读者医病。

梁玳宁有个好友是我中学的同学，患忧郁症，她找不出办法，和我商量之后，我说心病以《心经》医之，熟读《心经》，自得安乐，她好像没有公开过这个秘方。

蒋芸、孔昭、陈也、查小欣、柴娃娃、小不点、金虹、胡雪姬、胡雪莉、徐咏璇、张臻、谢雨凝、阿沌，还有一时记不起的一些女专栏作家，她们的专栏都是我喜欢读的。

谈谈小说改编的影视

从小说改编成电影或电视剧是天下最难的事，而且可以说接近不可能，因为小说与电影、电视剧根本是不同的媒体。

但是这种改编太过诱人了。读完了书，每一个人都有不同的想法，都一心一意想将自己想象的形象变化成画面，各持己见，不能苟同。

《梁山伯与祝英台》不知翻拍过多少次，邵氏拍的那部能够风靡港台，是因为当年的观众初次接触封闭已久的内地（大陆）的黄梅调文化，是很例外的。

近年来最成功的，算是《哈利·波特》了，男主角在造型上已经先讨人喜欢，其他人物也比我们自己想象的更加吻合，尤其是那位巨人。

单靠外表还是不行的。《哈利·波特》最令人满意的因素在于不改小说的剧情，只是删节些支线。怪不得作者本人也赞同改编后的影视，不像金庸先生一肚子气。

金庸的小说是最难改编的著作，电视剧还有点可能性，电影充其量两个半到三个小时，也没有办法抓到任何神髓。

电视剧一拍再拍，都没看头。倪匡兄曾经感叹："为什么他们老改查先生的东西？照书拍就好了。只要把那'千军万马'改少一点人数就是。"

说这句话也是二十年前的事了，当今有了特技，要千军万马的画面也非难事。

要在金庸的作品中乱加人物和剧情是不可能的，没有一个人的脑筋好过他老人家的。

金庸先生则有他的看法，当我们愤愤不平地谩骂编剧乱改的时候，他笑嘻嘻地说："不改的话，制作人都以为编剧懒惰，编剧们要混饭吃，怕被炒鱿鱼就加东西。"

对于旁枝人物的删减，金庸先生倒是不反对，他自己做过电影导演，知道不能按书的每一个字去拍。但是结构性严谨，他比任何人懂得更清楚，他的小说就等于一部部电影或电视剧，别人只能删减，不能增多。

如果拍成电影的话，将金庸的作品斩件，单单取某个人物或某段剧情，已是一个上乘的剧本。金庸先生也不在乎这个做法，他也说过:"你们拿去改编好了,人物的名字不同,只要不用书名,连版权费也可以省了。"

不,不。我们的编导很喜欢生吞活剥,想把整套书浓缩,从粤语片开始,再经过张彻先生的改编,到许鞍华的《书剑恩仇录》①,都想自创剧情来说另一个故事。

《书剑恩仇录》应该是最适合改编电影的一部小说,金庸先生自己也编过剧本,交给了导演,可惜导演最后用了自己的。

电视台每当题材用尽了就想到拍金庸的作品。中国和新加坡,乐此不疲地拍完再拍。大家都有自己心目中的小龙女和杨过,最接近的应该是陈玉莲和刘德华的组合。梁朝伟版的韦小宝,也是至今造型最成功的韦小宝。

完全是因为天时地利,当年的无线电视全盛时代才出现上述两部作品。制作费一节省,则绝对办不到。

北京中央电视台不惜工本制作,那么应该拍得接近金庸的小说一点吧?有国家的支持,再从十几亿人口之中选出贴合角色的人,怎可能拍得不出色?

问题出在编导了,我和他们一起吃过饭,从饭局中与他们交谈的内容觉察,他们自己拍电视,但很少看外国作品。这等于一

---

① 许鞍华导演将金庸的《书剑恩仇录》改编为两部电视剧:《江南书剑情》和《戈壁恩仇录》。

个写作的人不饱读中外小说就动笔，是很糟糕的事。

拍出来的东西我没看过，也不想去看。听说加了一个会变脸的角色。四川的这种表演艺术，在舞台上才能实时发挥；而在电影或电视剧中，早在近百年前，把摄影机一停，叫演员化另一个妆，再开机，已见变脸了。

就算是全球精英集中在一起，有庞大的美国资本支持拍摄的《哈利·波特》也有它的缺点。

戏长两个半小时，都删不了一点吗？

举个例子，在魔界街上，哈利到一家商店买魔杖的那场戏虽然拍得不错，但是这支魔杖是在第五、六、七、八部中与大魔头决斗时才派上用场的呀！花那么多篇幅去描写它，到了最后哈利还是用自己的手去毁灭敌人，要魔杖来干什么？戏一定要那么长的话，不如去拍那个二〇〇〇号的扫把。

哈利照魔镜，看到自己父母的那场戏虽然重要，但比起片子太长，还是需要割爱的。这场戏有点劝人别沉迷在过去的教导意味，但与故事还是无关的。如果要介绍哈利的父母，在最后巨人送活动相簿那场戏中着墨，更加温馨。

由原著改编电影，空前绝后的应该是《乱世佳人》吧。这部电影也是天时地利造成的，当年的好莱坞制作费是美国人所说的"天边才是界限"，只要编导能想到什么，就有钱让你拍到什么。再加上制作人是一位专门搞大制作的高手，后来我从纪录片中看到他挑选女主角的严谨——一场场的黑白试镜片段中，我们看到大明星也来竞赛，最后制作人才从数万人之中选出最适合演女主角的人。

总有一天，我们的制作人会选出较为接近读者心目中的黄蓉和郭靖。粤语片里黐满（粘满）鸡毛的神雕，也可以用特技来让其有表情。希望在有生之年，看到一部较为满意的由金庸的小说改编的电影或电视剧。

如何开始写影评？

小朋友看到有招收学写影评的广告，问我的看法，我从十四五岁开始写影评，赚零用钱，有点心得，回答如下。

问：你一直强调基础，写影评的基础是什么？

答：像一个小说家一样，要写小说，就得多看小说。先多看电影，多看别人的影评，有愈多、愈丰富的知识，这就是基础。

问：你是怎么打好基础的？

答：从小爱看电影，对国产片那些一张口就唱歌的感觉不满，喜欢起外国片来，但念的是中文学校，不通英语，常要问姐姐，觉得不好意思，就苦读起英文来。

问：懂得英文，就不必看字幕了？

答：到底不是我们的第一语言，还得靠字幕了解更多，当今DVD有了中英文字幕，就看英文的电影了，这么一看，能看懂八九成。

问：看完了戏，接下来做什么功夫？

答：年轻时，把所有导演的名字用笔记下来，然后研究摄影、监制、美术指导等，再做成一个数据库，就能拿出来比较和讨论。当今更方便了，上Wikipedia（维基百科）一查，什么都有。

问：有关于写影评的书吗？

答：中文的不多，外国的买不完。

问：怎么查？

答：上维基百科，打入National Society of Film Critics（美国国家影评人协会）就能找到很多。

问：哪一本是最好的？

答：全得看，看完选一个对你胃口的影评家，所谓对你胃口，就是你觉得他的评论和你的意见一致，很容易看下去的。

问：你自己呢？

答：深奥一点的，我会看詹姆斯·艾吉（James Agee）。理查德·科利斯（Richard Corliss）很信得过，罗杰·埃伯特（Roger Ebert）当然也好。很多导演也是影评家出身，像法国的杜鲁福、高达等。从小说家变影评家的有英国的格雷厄姆·格林（Graham Greene）。有些影评人还有应用软件，随时在手机上翻阅,像莱纳德·马尔廷(Leonard Maltin)的电影向导(Movie Guide),都能免费下载。

问:中文的呢?

答:以前有一位写影评很中肯的,叫石琪,他一直在《明报》《明报晚报》写,可惜当今已不下笔了。

问:他有书吗?

答:有,次文化堂出版社的《石琪影话集》。

问:一篇好的影评,内容应该具备些什么?

答:基本上是先说这部电影讲的是什么,但绝对不可全盘透露,这是死罪。然后批评演员,接下来谈论导演手法,最后是摄影、灯光、美术指导、服装、道具、配乐、效果等,也不能忘记监制。

问:哇,考虑这么多,像我这种初入行的怎么写?

答:一样一样来,能观察到什么就写什么。

问:为什么有些影评我每一个字都认识,但连在一起却看不懂呢?

答:往好处想,是你还不够程度欣赏;往坏处想,是这些所谓影评家为了标新立异,故作玄虚。

问:但是不少电影,本身也让人看不懂。

答:这也是层次问题。《2001太空漫游》(*2001: A Space*

Odyssey）很多人第一次看都看不懂，后来每看一次，能看懂的便多一些，像一曲交响乐，要听多次才听得出所有乐器的演奏。不过也有些乱来的，早在二十世纪六十年代就有的所谓前卫电影，只是导演的手淫，不管观众，这种手法一下子被淘汰了。法国电影在二十世纪七十年代新浪潮又出现了意识流，也是昙花一现，这些故技在二十世纪九十年代末重现，很多影评人都没看过新浪潮，惊为天人，这也是会被懂得的人贻笑大方的。

问：你不赞成标新立异，"语不惊人死不休"吗？

答：都很短命。

问：为什么有些影评人乱吹捧一些作品？

答：影评人会发现一些不为人知的作品，这是他们的功劳，但有时也会走错路，像法国的名影评人就把杰瑞·刘易斯（Jerry Lewis）捧上天去。事实上，这位谐星怎么看也不是什么天才，平庸得很。

问：你能不能举个影评人"发掘"出良好作品的例子？

答：可以，像《黄土地》这部片子，最初没人注意，差点被淹没，还是香港的影评人经千辛万苦找来在香港影展上映的，不能不记一功。

问：你有没有信得过的报纸或杂志上的影评？

答：美国的 *Time*（《时代周刊》）、*The New York Times*

（《纽约时报》）都很优秀，英国的 *Sight & Sound*（《视与听》）永远值得看。懂得多几种外语的话，可看法国的 *Cahiers du Cinéma*（《电影手册》）和日本的《キネマ旬報》（《电影旬报》），两者都是佼佼者。

问：怎么判断自己写的影评好不好？

答：知道多少写多少，不受旁人赞许或劣评影响，保持自己主张的，都是好影评。不懂装懂、随波逐流、为赚稿费或拿人家宣传费的，都是坏影评。坏影评就算不被人家指出，在夜阑人静时，扪心自问，影评人会惭愧得抬不起头来，要是还有几分良知的话。

怎样讲故事？

"什么电影，都要是一个故事，故事讲得不好，人就看不懂了。"我说。

"靠特技不行吗？"

"最先几部还有人看，接着一下子就被人厌了，再多的特技去堆砌也没用，所以现在的好莱坞电影都转向讲故事了，像《蝙蝠侠：侠影之谜》（Batman Begins）和《超人归来》（Superman Returns）。故事说得清楚又感人的话，电影才会成功。"

"为什么有些出名的导演拍的戏，剧情让人看不懂呢？"

"传统的讲故事的方法看腻了，就要创新，打破框框，这一点法国电影早在四五十年前就已经做到了。"

"为什么他们成功，而港产电影失败了？"

"要打破传统，需要很强的传统基础，像毕加索画画，也要先画得很像，再去画得抽象，基础打得不好，就要学飞，那么注定失败。"

"讲故事不是一件很简单的事吗？"

"是的。用口说，也有高手和低手的分别。用电影的技术，就是镜头的交替来讲，有一些导演讲得清楚，有一些导演自己以为讲清楚罢了。"

"好莱坞的一些老电影，故事都是清清楚楚的。"

"说得对，这就叫基础了。但是没有故事，单是讲一个人物，讲得有趣的话，好电影也可以成立。"

"从前的港产电影，故事也清楚。"

"我记得在邵氏工作的时候，有些导演拍完了戏，给六先生（邵逸夫）看，他看了说看不懂，要补戏。导演们觉得自尊受到损害，老不愿意。后来他们才知道，经过这种训练，才能成为讲故事的高手，都很感激邵老板。"

"请你举一个说得不清楚的例子。"

"比方说，一个人爬到悬崖，一失足掉了下来。如果两个镜头都是远远地看，故事就不清楚了，要是中间加了一个他踏着的石头松掉的近景，故事就清楚了。道理就是这么简单。没有基础训练，是不行的。"

绘画与摄影

人间至趣

如何欣赏中国画？

"绘画呢？"弟子问。

"分写实的和写意的。"

"画得很像是写实，画得抽象是写意？"

"你很聪明，说得对。最初的画，都是写意的，像古人在石壁上画的，像小孩子的涂鸦，都不是很像，但给人以天真无邪之感。后来绘画要求愈来愈高，就画出了活生生、很反映现实的画。画多了又觉得闷，思想一放纵起来，又回去画不像的。但也要把基础打好，先学会写实才能抽象。"

"雕塑呢？"

"也是一样的。埃及人最初的作品都和现实有一段距离，你去埃及旅行时可以观察一下。后来希腊人的雕塑雕刻得和真人一模一样，但觉得闷了，就开始夸张肌肉的发达程度，真人没那么完美的。到了近代，欧洲出现了一个亨利·摩尔（Henry Moore），就完全雕刻得一点也不像了。"

"那么，中国画一定是写实的了。画中的山木树木，都很像呀。"

"中国画一开始就是写意的。你想想看，那里有山有水，还都可以装进一张长方形的纸上去？那都是画家先写实，学习把真的东西画得很像，但又去写意，把所有美好的形象都加在一起。"

"您这么说，那么中国画家的山水画都被框框籀住了？"

"长方形绑不住他们的思想，你没看到画的上面都是留白的吗？他们的想象可以延伸到无限远去。"

"请您举个例子，怎么欣赏山水画。"

"我们既然知道山水画一开始就是写意的，那么就要用写意的观点看画，先幻想自己是画中的那个人物，带着书童，一路观赏美景，一步步往山上走，看看周围的树木和流水。在茅屋休息一下，喝杯茶，再爬上顶峰，向仙鹤招手，骑着它往白云深处飞去。"

向丁雄泉先生学习

怀着兴奋的心情上路，我又要到荷兰的阿姆斯特丹向丁雄泉先生学画画了。

把一切杂务处理好，轻轻松松等到半夜十二点上机。之前在友人家吃了一顿大闸蟹，在候机楼中再猛嚼些东西，饱了。

新机舱可以平卧，国泰机提供的一件宽薄的睡衣也真管用，我即刻换上。最舒服的还是那条丝绒的被单，很厚，但很轻。

飞欧洲的过程中气流多数不稳定，但我扣上安全带，气流将飞机乱抛已不关我事。

经时差，第二天当地清晨六点便能抵达。由香港飞阿姆斯特丹要十二个半小时，我睡足了十个小时，比在香港时还多，已经很久没有那样好好睡个饱了。

起身，刷牙洗脸，从数十部电影中挑选出一部，放进录像带机，电影闷的话，我可以随时入眠，醒来再看。

国泰航空的飞机上有新菜单，有"镛记"的老板甘健成兄设计的食物，肚子再饱也得试它一试。

有牛腩面，就来一客（一份）。等待之间，想起机内食物多由外国厨子选定，不太照顾东方客人的胃口，永远是牛排、鸡胸或银鳕鱼三种东西。要是厨师为法国人，食物还有点花样，若遇到一个德国大厨，食物就"淡出鸟来"。

有时向他们建议多些变化，他们总是推三阻四地说："机上设备有限，食物需要加热，所以能弄出来的就是这样的了。"

真是过分，东方食品有些是愈加热愈好吃的，你们尝过没有？

健成兄很聪明地做了牛腩面，这种食物就是愈加热愈好吃的例子，美中不足的是汤太普通了，"镛记"的清汤牛腩面做得顶呱呱，依法炮制，已是佳肴，加热时再下芹菜，完美上桌。

当时已经不能要求太多，有这碗牛腩面当早餐，我，满足矣。

丁雄泉先生的家从前是一间小学，他买下来后把室内篮球场改为画室，可见画室有多宽敞，二楼为厨房，三楼才是卧室。

丁先生从前把住宅的一部分租给一家人开桑拿浴，但去年发生大火,把丁先生的好些藏画都烧了,现在丁先生把这部分住宅收了回来。改建之后,屋子更是巨大。

两扇新木门上画着绿色的鹦鹉,旧门上画的花卉,之前被人半夜偷走了。不见门铃,我便轻轻敲了两下门,丁雄泉先生出来开门,身穿黑色工作服,那双鞋子被滴满了五颜六色的油彩,本身已是艺术品。

又是那阵强烈的"洋葱味"①,来自丁先生种植的大红花。我每次回香港都用箱子买数十个"大葱头",回去在泥土中一埋,每个"大葱头"会长出三枝,一次四朵花,从来没失败过。

墙上钉着画稿,是丁先生今天一早画好的,他说:"等一下由你来填色。"

老人家对我真好,一般艺术家都不肯让人在作品中加东西,这好像是在他人的文章中加入文字一样,怎能乱来?上次前来学画,丁先生也把画稿给我上色,后来还在画中写丁雄泉与蔡澜合作的字眼,羞煞我也。

七十三岁的人教一个六十岁的学生画画,也是怪事。好在我没有成为巨匠的野心,随意乱涂,只想得到一点欢乐罢了。

我把礼物放进一个拉箱(拉杆箱),一样样拿出来。里面有

---

① 此处的"洋葱"指朱顶红,其种球形似洋葱。后面的"大葱头"也指朱顶红。

"镛记"的鹅肝肠,是丁先生爱好的。他看到我在拉箱上画的鹦鹉,说:"你看你的风格,和我在门上画的不同。"

被赞得有点飘飘然,但即刻醒来,我在阿姆斯特丹的时间不太多,应该掌握一分一秒,能学多少是多少。

画了几小时,鞋子也染上了油彩,是洗不掉的acrylic(**丙烯酸颜料**)。丁先生用毛笔蘸了墨,一点点地为我涂黑,又是新鞋一双。

画领带

打开箱子，翻出一大堆的领带，至少也有几百条。

我对领带的爱好，是受家父影响的，当年他在新加坡邵氏公司上班，也常打领带，最喜爱的是一条全黑的。别人迷信，说有哀事才打黑领带，父亲才不管，一直打着，在公司也有"黑领带"的外号。

箱中也有无数的黑领带，颜色一样，但暗纹不同，有窄有宽，跟着时代流行的风格转换。我穿蓝色衬衫、黑西装，打黑领带，看到的人都说大方，好看。

其中有些黑领带是双面的，由名厂Mila Schon（米拉·舍恩）制造，一面黑的，一面红的，或者有五颜六色的斜纹，这家名厂的制品最好，完全手工，织得上稀下密，打完后一挂，翌日仍然笔挺，不像什么利莱牌劣货，打完皱得像油炸鬼（油条），久久不能恢复原状。

当年这家名厂的领带也要上千港币一条吧，我买领带绝不吝啬，在外国旅游，一看到喜欢的即买。选领带有一套学问，那就是你走进一家领带店，那么多的货物，买哪一条呢？很容易，像鹤立鸡群一样突出的，一定是条好领带。

我在做《今夜不设防》那个节目时，更需要每次打不同的领带，我的收藏逐渐丰富，但买来买去，最吸引我的不是色彩缤纷的，就是纯黄、纯红或全黑的。领带能和衬衫及西装撞色，并不一定要一个色系的颜色才顺眼，比方说浅啡色西装和蓝色衬衫撞上一条黄色领带，也很好看。

但说到耀眼，还是要遇到丁雄泉先生才懂得，丁先生对色彩的琢磨非常了得，什么大紫大绿、粉红的广告色等俗气的颜色，一到他手上，就完全变为艺术品级的。

丁先生的西装有时也是他自己的画印在布料上做出来的，他的花花世界中有无穷的变化，就算是黑白，也能被他画出色彩来。

举一个例子，有一回他来港住在半岛酒店，我接他去参加一个酒会，那次他的行李丢失了，没有他独特的领带，就叫我陪他到尖沙咀的后街，从一家印度人开的商店买了一条便宜的黄颜色的丝质领带，回房间后，他用黑色的大头笔，在领带上画上一群游动的小鱼，穿上黑西装、黑衬衫后，那条原本是全黄的领带简直如有缤纷的彩色，酒会中不断地有美女前来问领带是在哪里买的。

后来我就向丁先生学画，也没举行过什么拜师礼，总之我们之间的友谊，像兄弟，像父子，像师徒。他一年来香港两次，我也尽量每年两次去他阿姆斯特丹的画室学习。

"我能教你的，不是怎么画画，而是对颜色的感觉。"他说。

从此，我买了大量的白色丝绸领带，每条二三十港币左右，把它们当成白纸或油布，不停地涂鸦，当我打了领带到米兰或巴黎的时装街头时，很多人都会转头来看，欧洲人的个性就是这样，他们不会遮掩对美好事物的赞美。

"哦，是Leonard（李奥纳德）的？"男男女女都这么问。

这家厂的衣服或领带的颜色非常缤纷和独特，每条一千多至数千港币，我也买过很多，后来自己会画了，就省了不少钱来。

丁先生用的颜料，为一家叫Flashe的法国厂制造的，属丙烯酸颜料，说得白一点，就是乳胶漆，可以溶于水，但是干后又不褪色，可水洗。Flashe的产品颜色比其他英国名厂的还要鲜艳，有的领带还加了荧光来画，如果打上了去的士哥（迪科斯舞厅）跳舞，经紫光一照，黑暗中还能发亮，领带晃来晃去，舞伴和周围的人看了也会欢呼。

这些自己画的领带用了好久，近年来我喜欢穿"源Blanc de Chine"（服饰品牌）设计的中式衬衫，圆领，不必打领带，就逐渐少画领带了。

剩下的不停地送人，也不够用，索者还是不断前来，曾经有家在机场卖领带和围巾的公司向我提议，要把我画的那些图案印在丝带上出售，但没有结果。

最近我在计划，在淘宝网上开一个网店，同事们都说领带会好卖，已经谈好一厂家专做一批，小生意而已，有兴趣的人可以买来玩玩。

自从硅谷人不修边幅，国家领袖又要亲民，打领带的人愈来愈少，不过领带会从此消失吗？我想也未必，到了隆重场合，始终要打上一条。

领带是优雅年代的产物，为什么发明？传说纷纷，最讨女人欢喜的说法是：为了牵住男人，显然不必像牛一样地由鼻孔穿去，绑在颈上就是。这当然是笑话，男人的西装打上领带，还是好看的，因为好看，所以领带一代传一代地存续下来。

在领带的全盛时期，工厂生产过不少的花样。我童年时还看过方便领带，已经打好了结，绑在一个三角形的塑料模子上，有一个钩，男士们只要把衬衫领子结好，扣上就是。

打领带又有很多花样，起初去派对跳舞，我还要叫同学教，打了一个最复杂的温莎结。在耳鬓厮磨之后，女友急了，撕开我的衬衫，又想帮我解领带，手忙脚乱，差点把我勒死，这是多年前的事了。

与苏美璐谈插画

苏美璐在欧美插画界声名越来越响,各报纸杂志争着做访问,有的甚至老远地跑到她居住的小岛,真是难得。我在众多问答之中选了数则,汇集起来,节译如下:

问:你喜欢用什么画具作画?

答:我多数用水彩,有时也用彩色铅笔。画粗线时,我用一支又肥又胖的德国笔,名字叫"颜色巨人"。

问:彩色或黑白,有没有特别喜欢的?

答:儿童画都是梦,用彩色多;画人像是现实,就用黑白。

问:你有什么忠告给年轻的插画家?

答:画一本儿童书,就像拍一部电影,你必须仔细挑选角色,有时自己也要扮演讲故事的人。如果你是一个好导演,你必须把故事讲得通顺，而且要让观众猜不到结果。

问：你作画时，有没有预定是画给哪一个年龄层的读者看的？

答：没有分别。我看到的所有儿童都是大人，而所有大人都是儿童。

问：你在哪里定居？

答：我住在一个叫卡利沃（Cullivoe）的地方，那是苏格兰北方的设得兰群岛（Shetland）的一个小岛。

问：你可以告诉我，你是怎么走上插画这一条道路上的吗？

答：当我离开布莱顿学院时，我有缘分遇到了一个经纪人，他问我喜欢选什么故事来绘画，我那刻想到安徒生童话的《皇帝与夜莺》，因为我觉得这故事很有中国味道，结果他说服了英国的出版商Francis Lincoln为我出版了这部儿童书，之后我为杂志和广告作画多年，直到我遇到了杰克·普鲁斯基（Jack Prelutsky），他叫我为他的诗集作插画，接着我便集中精神在儿童书这方面了。

问：如果有读者想知道更多关于你的事，去哪一个网站找最好？

答：www.meiloso.com/wordpress。

问：你有没有去学校做关于插画的讲座？其间发生过什么

趣事?

答:在设得兰群岛的这个岛上,有父亲把职业传给儿子的传统,我上次去岛上的一间小学演讲时,有个学生问我当我死后,可以不可以把插画师这个职业传给他。

问:有什么未来的计划吗?

答:我自己有一家叫So&Co Books的出版社,这是全英国最北部的出版社,我们已经出版了两本书,由贾尼丝·阿姆斯特朗写文字,我自己画插画,我们的第三本书想写一个岛上的巴士司机,驾着车旅行到古时候去。

问:当你为一本书画插画,是怎么开始的?

答:我多数是反复地把故事想了又想,在脑中存了很长一段时间。我喜欢用不同的画风去画插画,一面做其他事,一面想怎么去画,像散步的时候、洗衣的时候或烘面包的时候,就想怎么去画,等到我坐下开始画时,我已经知道自己会怎么去做。

问:你可以形容一下你的工作地点吗?

答:我在海边有一间小屋,我把它称为"天堂",墙漆成红颜色,屋外养了一群鸡。我的工作间摆放了很多中国的东西,如二胡等乐器、书籍和一台计算机,我有一张很高的木头桌子,是位当地的木匠为我做的,让我可以站着作画。

问:在早期,什么书籍或图画影响了你?

答：我小时爱读翻译成中文的《一千零一夜》《块肉余生记》①《顽童历险记》《金银岛》和《简·爱》等经典，最糟糕的是我到现在还没有看过原文。

问：你在作画时听什么音乐？

答：我有一九五七年灌录的原版《西域故事》，我也听第三电台（Radio3）的古典音乐，巴赫的《帕蒂塔》很能让我的思路飘逸。

问：你最希望访问者问你什么问题？或者想要他们做些什么？

答：我最希望访问我的人叫我为他们画人像，还想他们付钱买下来。

问：你最喜欢的一个词是什么？

答：cantabile。流畅的，像唱歌一样的。

问：最不喜欢的一个词？

答：hasten。赶紧。

问：什么东西会刺激你？

答：一阵香气。

问：什么东西会令你反感？

---

① 现多译为《大卫·科波菲尔》。

答：一阵臭味。

问：你最喜欢听到的是？

答：我爸妈在床上聊天。

问：你最讨厌什么声音？

答：猫儿打架。

问：除了插画师，你想做什么职业？

答：面包师。

问：你最不想做的呢？

答：股票行经纪人。

问：如果有天堂的话，你要上帝为你做什么？

答：唱一首歌给我听吧！

如何办一个画展？

去年这个时候，苏美璐悄然来港，主要是为了庆祝她父亲苏庆彬先生花毕生功夫编制的《清史稿全史人名索引》出版。她连同母亲和弟弟们，一齐在香港团聚，度过了一个愉快的假期。

临送她上飞机回苏格兰小岛时，我向苏美璐说很多读者对她的家族想有多一点认识，问她有没有兴趣出版一本苏美璐家族的书，她说她母亲一直有这个心愿，我便向出版社提议，双方一拍即合，《珍收百味集》一书由此诞生，由苏妈妈何淑珍女士撰写，苏美璐绘插图。

经历过二十世纪六七十年代香港生活的人当然感到亲切，从人造花、制水等日常细节，到当年盛开的红颜色莲雾，都很亲切地呈现在眼前。

这是一本多么珍贵的历史见证书，还有绝对的艺术价值。通过她母亲的口述，苏美璐一笔一笔地画了下来，比看黑白照片更有诗意。

为了令更多的读者接触到此书，我们特地为她安排了一个画展，让大家可以看到这一百二十幅原画。要筹备一个画展不是易事，首先是选场地，本来讲好的一个商业画廊先说要抽二十巴仙①的佣金，后来又提出在十四天的展出期间，另收十五万港币的现金，令我们感到十分头痛。

好在皇天不负我们这些有心人，好友郭翠华介绍了民政事务专员黄何咏诗太平绅士，她认为这是一个很有意义的画展，帮助我们挑了好些场地。

最后决定在西边街的长春社举办，长春社是一间文化古迹资源中心，文化保护建筑物，很适合画展的主题，地方虽然偏僻了一点，但由西营盘港铁站走过来也很方便，这一区又新开了不少有品位的餐厅，渐渐形成了一个潮流人士的集中点。

场地选好了，那么裱装字画的镜框呢？十多年前我替苏美璐在中央图书馆办了一个画展，展出她多年来为我绘的插图的原画，全部卖光。当年只在香港和澳门办了一次，澳门的选址是在龙华茶楼，苏美璐更是喜欢。因为只有两地的画展，所以画的

---

① 是英文percent（百分比）的中文音译，"二十巴仙"意为百分之二十。

镜框可以用很厚很大的木头，但这一个《珍收百味集》画展，香港皇冠出版有限公司的老总说在香港展出后，可以到星马和中国内地的各个大都市再展出，这么一来，就非得在镜框上动脑筋不可。

我认为镜框愈简单愈好，简单到用两片塑料片夹起来就是，这样搬运起来非常方便，我把这主意用电邮告诉了苏美璐，她也赞成。

那么得找人来造，大热天时，郭翠华和我汗流浃背，在湾仔的裱画店一间间地询问，比较价钱，结果找到一家专造塑料框的，店主说用四颗钢头把塑料板框住，这是一般常见的做法，我认为这样一来太过普通，又无美感，要求改用另一种形式。

"啊，那么你可以和他商量！"他说。

结果他介绍了骆克道一条小横巷中的"隽艺胶片广告制作"公司的陈先生。我和他见面，说明来意，他即刻领会，我很幸运在我的生涯中遇到许多这样的匠人，老实、肯干、专业、一心一意地把工作做到最好。

要是没有那四颗钢头怎么做？郭翠华建议把塑料片造成一个扁平的盒子，把画装进去就是，什么钢头都不必用，但又怎么把画固定在理想的位置呢？陈先生说不如用两颗塑料造的小粒镶进底部，同样是透明的，就看不见钉子了，原画就那么放进了盒子里面，展览之前才放进去，展览完毕后把画倒出来，再放入箱中保管，就不必怕遗失和受损了。

他制造出来的镜框令人十分满意。接下来就要看怎么挂上去了，长春社本身壁上有许多钉子可以挂画，但地方始终太小，不够那一百二十幅画使用，郭翠华与我又请了美术设计师在中间搭建一面假墙，再加灯光，一切准备即就绪。

画展在九月二日开始，至十月初，一共有三十天的展期，让各位慢慢欣赏。

看了喜欢的话，可不可以买？事前我和苏美璐商量好，如果想买，那就要把那一百二十幅全部买下，因为这是一个整体，但我提出要是有人很喜欢某一幅，苦苦哀求呢？她最后答应用上一次开画展的方法，选中的画可以预订，由苏美璐重画一幅。

东方对苏美璐的认识，也许只限于我的文章。她的插图加我的文字，从《壹周刊》开始至今，不知不觉已有三十年。只要编辑部把我的稿子传给她，即刻有可配合得很好的作品出现，这是一个奇迹，我一直都说每一期读《一乐也》专栏，也是主要看她的画，画比文字精彩。

在西方，苏美璐于插画界是一位数一数二的高手，得到无数纽约和国际的奖状。各位如果有兴趣，可浏览她的网站：

www.meiloso.com，就知她的威水[1]史，她为人低调，资料皆由亚马逊（Amazon）、企鹅、兰登书屋（Random House）等大出版商推荐。

求她作插图的人愈来愈多，连好莱坞的大明星——奥斯卡影后朱丽安·摩尔（Julianne Moore）的儿童书也由苏美璐作画。

这次画展中得到她一两幅原作，将会是毕生的收藏。

---

[1] 粤语口头语，指了不起，很厉害。

画家辛德信的一些经验

如果你第一次遇到辛德信,又不知道他是何方神圣,一定会被他吓一跳。

六英尺①以上的高度,年龄已六十多岁,还是一头乌黑的零乱头发,辛德信是位混血儿,他从口袋中掏出皮制的雪茄盒子,对它吻了又吻,然后拿来脸上擦了又擦,再做几个爱得抽筋的动作。抽筋,并不是形容词,他本人经常抽筋:缩缩颈、摇摇头,大叫:"耶比,yippie!世界和平,caramba!祝福你,blessings!太妙了,fantastic!"

猛抽几口雪茄后,他便拿着烟头到处涂鸦,菜牌、餐巾,无处不是他的画布。突然,他爬上椅子,在人家的横梁上画了几

---

① 英美制长度单位。1英尺约合0.30米。

笔，等他坐下，梁上已出现数匹在飞奔中的骏马，欣赏他的作品的人爱得要命，但是餐厅多嫌脏，吩咐工人将它漆回白色，"斗记"的老板就是其中之一。可是下次辛德信光顾，又画数匹。

辛德信抽的是数千港币一盒的潘趣（Punch）雪茄，挥霍地拿来当画笔。家中养的猫，吃的东西由文华东方酒店叫来，他自我解释："花不必要花的钱之后，我会画得更好！我认为只是对我自己的一个交代，我总需要一点火花来当刺激，有时也不一定是买贵的，像刨一支未开苞的铅笔、穿一条新的底裤，或者读到一篇好文章，我也痛快得要命！"

留意一下，他的作品常在你身边出现：文华东方酒店西餐厅外面那几幅大壁画，国泰航空公司的飞机里盖住电视荧光幕的那幅骏马图，前奔达中心、今日的力宝大厦的大型浮雕，等等。

新加坡的希尔顿酒店前面的石壁，一共有占地四千平方英尺以上的雕塑，都是他的手笔；伦敦的莎威酒店大堂、纽约的泛美大厦中皆挂着他的画。北京的和平饭店和国际机场也有他的浮雕，甚至西班牙巴塞罗那未完成的圣教堂也请他去设计彩色玻璃窗。著名画评家的引述："辛德信是东方艺术奇才的化身，他雄浑奇伟的笔触、出神入化的构想、超尘脱俗的风格，使作品闪耀着色彩的光芒，画中即使是细微的箫、鼎或旌旗，也是璀璨夺目的，而且隐含着非凡的意境。"

另一位说:"辛德信的作品表现着蒙古骑士的彪悍精神,在其豪迈、雄浑的气派中又能充分显现细腻、精致的线条美,他的画中有奔放、炽热的感情,以及原始的狂野,但其色彩与画面又蕴含着梦幻般的和谐。"

对这些评语,辛德信当成耳边风,他只是一个不断地创作的大孩子,喜欢脱光衣服趴在画布上作画,这样才有与作品交流的亲切感。人家赞美他的蒙古马,把许多含意硬加上去,他开玩笑地说:"那些马臀,像不像女人的屁股?"

你说他狂吗?他的作品表现出"疏又何妨,狂又何妨"的境界。要是你认识他,便知道他有时谦虚得要命,还像一个儿童一样地害羞呢。

不过,性在他的作品中占着很重要的部分,他会画出赤裸裸的像佛一般的形象,挂在夏威夷的那幅《庆祝》,就是明显的男女交欢,力宝大厦的作品中有一个像女性阴户的浮雕。

他也不介意告诉你,他是靠画裸体画起家的。当年辛德信的爱尔兰父亲跑到吉隆坡去创办《马来亚邮报》,认识了从槟城来的中国大家闺秀,两人冲破种族歧视结婚,之后生了他。小时候辛德信在新加坡是拉小提琴的,但是在交响乐团因没有经费而完结后,他便以画裸像得到荷兰航空公司的奖学金去西班牙进修。

至今,辛德信还是对画裸女有无限的爱好,他常亲吻着画,大叫:"这是我的女儿!"

作画之前,他却不做性事,他说:"像一个出征的兵,要保有作战的愤怒和精力才行。"

虽然他这么说,但性还是一直围绕着他,他也不讳言:"他们去做他们的野心家,我做我的欲心家!"

辛德信的画被私人珍藏的居多,他反对把画挂在博物馆里,他说那已经死了。他喜欢欣赏他的人摸到他的画,所以你到文华东方酒店摸他的壁画,酒店经理抗议的话,你尽可以说画家本人是同意的。而且,他自己也常去又摸又吻,他说:"反正画挂在餐厅外,被冷气和厨房的油烟都弄坏了。"不过请别担心,他会去修理的,他说:"只有我才可以修好,因为我的技巧很特别,我的画材是混合了蜡、鱼、胶、蛋黄、沙、铁片、木屑、枯叶等的。"

辛德信的浮雕会将任何材料都派上用场,这也许是受了西班牙的艺术家高迪的影响吧。高迪最喜欢把破烂的陶瓷、士敏土[①]等等混合来用,错综复杂得不得了。崇拜高迪的人,也会因而喜欢上辛德信的作品。

现在辛德信的画要卖到十万美金一幅吧。贵吗?一点也不

---

① 即水泥的英文单词"cement"的粤语音译。

贵，比起卖上百万港币一幅的范曾之流，还有许多经不起时间考验的内地画家，我的头摇个不停。香港藏家对辛德信的认识并不够，他的确是一位在鉴赏上和保值上都有重量的艺术家，不过十万美金的画还是许多人买不起的。

"你为什么不画一些简单一点的，卖得便宜一点的画，让大家来分享分享呢？"我问他。

"比方说？"

"比方说画一百幅佛像呀，比方说画一百零八幅代表烦恼的恶魔呀！"我说。

"啊，佛像！我一定画！我一定画！我画的佛像，由佛的眼神走出一块福地！佛的微笑中是天堂，声音是喜悦；我像是和神明同坐，我尝到大地的极乐！"辛德信大叫。

和他谈天，不必喝酒，已醉。

可以提升绘画素养的电影

关于画家生平的电影很多，拍得最好的是《红磨坊》（*Moulin Rouge*），并非妮可·基德曼（Nicole Kidman）那部，而是在五十年前摄制的。我以前的专栏中已介绍过，不赘述。

印象犹深的有查尔斯·劳顿（Charles Laughton）的《伦勃朗》（*Rembrandt*），但劳顿始终是劳顿，他只演自己。同样的，柯克·道格拉斯（Kirk Douglas）演的梵高①在《梵高传》（*Lust for Life*）一片中永远是咬牙切齿的，没有画家，只有牛仔。

第二部拍得最好的画家电影，应该是前些时候上映的《弗里达》（*Frida*）了，在香港莫名其妙地被翻译为《笔姬别恋》，

---

① 亦译为凡·高。

这和画家根本不相关，当今已出DVD。

在墨西哥画家之中，没有人比弗里达·卡罗（Frida Kahlo）更突出。我在墨西哥拍戏时，当地人一提到她，都只叫她的名字，不叫她的姓。

弗里达的画很容易认出，只要看到一个双眉连在一起，又留着点短髭的女子画像，那就是弗里达的作品。

不断地重复她的自画像，绝对不是因为她是自恋狂。她从小有小儿麻痹症，右腿歪了。十八岁那年又遇严重车祸，毁掉脊柱和整个骨盆。长大后，她经过无数的开刀、堕胎、被出卖、锯肢、断腿，一生大部分时间要穿着铁胸箍和腰罩才能过活，她躺在床上的时间太多了，所以她说过："我画自己，是因为我孤单的时候多，也因为我最熟悉的是我自己。"

在她的床头天花板上，有一块大镜子。床边，有可以让她躺着作画的画架。

电影很忠实地把她人生的每一个阶段都拍了出来，也同时把她的画搬出来印证。这最正确了，弗里达看到什么就画什么，感觉到什么就画什么，她的简单明了、直接的画法，被很多人误会是超现实主义，其实她不过是坦白得可爱。

女主角由萨尔玛·海耶克（Salma Hayek）扮演，她是位墨西哥大美人，双眉之间加了毛，扮相和画中的弗里达分别不大，但观众还是认为演员比画家美,这一点是错误的。

一九三八年,弗里达在纽约办画展,遇到了摄影师尼古拉斯·默里(Nickolas Murray),两人发生了关系,从他为弗里达拍的一张彩色照片看,弗里达比萨尔玛要漂亮得多,有气质得多。电影把这一段感情删掉是明智的。

自己最寂寞、最无助的时候画自己,又毫无掩饰,怎么能画出美人来?从幼稚的技法到成熟,最初的欧洲影响消失了,代之以完全的墨西哥人的强烈颜色,背景更是随着年纪增长而变得细腻、优美。在一九四八年,她在四十一岁时所画的自己头上箍着抽纱丝巾,衣服的一针一线都仔细描画,很多古典名画都没她画得好。

弗里达自年轻时就爱上墨西哥的另一个画家迭戈·里维拉(Diego Rivera),从他们的结婚照片和绘画看得出,迭戈大出弗里达一倍多。电影中迭戈这个角色找了英国性格演员阿尔弗雷德·莫里纳(Alfred Molina)来担任,他在舞台剧、电视剧、电影中都很出色,演起来身形和神态都像。在真人真事中,迭戈的作品多数是宣扬共产主义的壁画,成绩是绝对赶不上他老婆的。

迭戈见女人就搞,连弗里达的妹妹都搞,这伤透了她的心,她说过:"迭戈是世界上你能找到的最好的朋友,不过是个最糟糕的老公。"

痛苦一直围绕着弗里达，她最受创伤的是一九三二年，那一年她跟随丈夫到美国最无趣的市镇底特律去住，迭戈再次背叛她，她流产，母亲又死了，所以她画了那幅不朽名作《亨利·福特医院》，又称为《飞跃的床》。在画布上，弗里达的裸体躺在巨大的病床上，下身有一大摊血，红线绑着她死去的婴儿，一只蜗牛代表时间的难过，一个破裂的骨盆、一个腰箍和钢锁等，令人看得不寒而栗。

弗里达画的，不是她看到的东西，而是她感觉到的东西。

她痛苦了，就画眼泪。她觉得时间过得快，就在自画像中画一个时钟和一架飞机。弗里达是一个天真得不能再天真的女人，没有一个女画家像她一样那么忠实和敢于表达自己，这一点她丈夫迭戈也说过。

一九四四年，当健康进一步退化时，她画了《破碎的支柱》，她的裸体从中间裂开，里面有根破碎的大理石支柱，胸部和腹部缠着钢箍，身上各处插满了一个个大大小小的铁钉。一九四六年，开刀手术再次失败，她画了一只鹿，头是她自己的，身上插着箭。这些画都是她一生的记录，电影把剧情细腻地拍出来，重叠着她原本的作品。

一九五三年，她的画展举行，她已经病得不能动了，但她叫人把整个床搬到画展上去。翌年，死亡。

死，在墨西哥不是一件悲哀的事。我在那里生活时看到烟花，想买回来放，但当地人说在葬礼上才放烟花的。墨西哥人一般都活得短，贫穷、疾病不断与他们为伍，所以他们对死亡也接受了，不悲哀，将死亡到来之日当成值得庆祝的节日。我年轻时一直喜欢弗里达的画，有幸去了墨西哥，深深感受到爱情、背叛、死亡、烈日、狂歌的混杂，爆发出的缤纷的色彩，这在弗里达的作品中表露无遗。而这部影片，像一位导游，忠实地介绍了她的内心世界。

电影《弗里达》的导演也是位女士，叫朱丽·泰莫（Julie Taymor），此人在电影圈还是相对陌生，但她在舞台剧和歌剧方面的成绩斐然，得奖无数，是一位很有深度的知识分子。电影于她只是另一种媒体或工具，应付得绰绰有余，值不值得她去追求，还是一个问题。

别人传授的学画秘籍

旅行时把记忆留下,有些人用相机,我则用文字。但这两种方式都不能与当地人发生接触,对一个地方的观察不够深入。就算你够胆采取行动,语言也是一个很大的障碍。

最好的办法莫过于画画,拿一张纸和笔墨,见有趣的人物画张漫画,对方一看,如果笑了出来,朋友就好交了。

画得像是不容易的,所以要找好老师,有什么人好过尊子呢?有天晚上一起吃饭,我向他强求:"请你做我的师父吧!"

尊子笑了:"画画不难,一定要找到一个符号。大家对这个人的印象是什么,你把他们心中想到的画出来,就像了。"

说得太玄、太抽象了,不懂。

"还是到你家去,当面再过几招给我行不行?"我贪心得很。

"先过我这一关。"尊子的太太陈也说。

"？"我望着她。

"先带几个俊男给我看看，我喜欢的话就叫尊子收你为徒。"陈也古灵精怪地说。

"要带也带美女去引诱尊子，带俊男给你干什么？"我问。

陈也笑得可爱："美女我也喜欢，照杀不误。"

一时去哪里找那么多俊男美女？不让我登门造访，只有等下次聚餐带了纸笔，在食肆中要尊子示范给我看看。

大家见面，尊子带了一本美国著名漫画家赫希菲尔德（Hirschfeld）的作品集给我。

"看了这本书，自然就学会。"他说。

记得第一次拜冯康侯先生学书法时，他拿出一本王羲之的《圣教序》碑帖，向我说："我只告诉你，要向什么人学，我也是向这些人学的。我临古人帖，尔等亦临古人帖，故我们非师徒，同学也。"

我的摄影经验

问：你主持过一些电视节目，有没有人要求和你拍照片？

答：有些认出我的人，等了好久才鼓起勇气问我可不可以和他们拍一张照片。我总是说："我正在担心你会不会这么问呢。"

问：你有耐性吗？

答：有。不过有些人也实在要求多，来了一张又一张，贪得无厌时，我会借故走开。通常拍完一张之后，他们总会说再来一张，我不如做个顺水人情，没等他们开口，就先说："补一张保险吧。"

问：有什么苦与乐？

答：乐事是遇到一对夫妇，五兄弟姐妹。他们老是说："你站在中间。"你知道的，中国人迷信拍照片站在中间的人会死掉。如果这种迷信是真的，我不知道死了多少回了。苦中作乐，看到拿相机的人总是强闭着一只眼睛，嘴巴也跟着歪了，表情滑稽，就笑了出来。

问：眼睛不花吗？

答：花。有时一群人围过来，先拍张团体的，又一个个要单独照，眼前闪光灯闪个不停，留下黑点，弄得头晕，是常事，也惯了。

问：在什么情形之下，你会觉得不耐烦？

答：又换角度，又对焦，左等右等就有点烦，他们比相机还要傻瓜。

问：会不会到讨厌的程度？

答：一般不会。有时出现个非亲非故的生人，一下子就来个老友状，勾肩搭膀，如果对方是个大美人，又另当别论，否则真想把他们推开。最恐怖的是有些大男人还要抓你的手，一握手汗湿淋淋，我又没有断袖之癖，真有点恶心。

问：但是总得付出代价呀！

答：说得不错。不过如果能照成龙的主意做就太好了，成龙说最好是弄个箱子，要求合照就捐五港币或十港币，给联合国儿童基金会。他老人家的收获一定不错，我就做不了什么大生意，最好是把箱子里的钱偷去买糖吃。

问：我们记者来做访问，通常都带个摄影师来拍几张，你不介意吧？

答：摄影师大多数要求把手放在栏杆上或者双腿交叉站等，我都很听话，有时还建议："要不要我把一张椅子放在面前，一脚踏上去，手架在腿上，托下巴？"这种姿势在二十世纪三四十年代最为流行。

问：哈，你也照做？

答：我只是说着玩的，他们真的那么要求，我就逃之夭夭。

（这时候摄影师走过来，向我说："请等一等，我把背后的那盆花搬开。"）

答：我说一个故事给你听。从前我在邵氏制片厂工作，有一位叫张彻的导演，当摄影师要求道具工人把主角背后的东西搬来搬去时，张彻一定对摄影师说："你看到背景是什么的时候，你一定看不到主角脸上的表情。"

问：哈哈，杂志和报纸上登出来的照片，你满意吗？

答：没什么满不满意的。不管摄影师拍得好不好，回到编辑室，老编总是选那几张最难看的，他们在这一方面特别有才华。

问：你珍不珍惜报道你的文章和照片？

答：我不太去注意。有些人不同，他们一生没什么机会见报，所以特别重视。又有些人给水银灯一照，即刻上瘾，非制造些新闻出来不可。这是一种病。他们本人并不觉察，还拼命向记者说对名和利看得很淡，不爱出风头。其实他们一早就去买报纸和杂志，翻了又翻，看到照片小了一点，就伤心得要命。真是可怜！我才不会那么蠢，我知道有时一群记者围着你拍照，隔天一张也不登出来是常事。

问：你觉得还是低调一点比较好？

答：我也不介意以高姿态出现。干的是娱乐人家的事业嘛，要避也避不了，假什么惺惺？有些人口口声声说低调，结果杂志登出来的照片都是摆了姿势的，连他们的家里和办公室都拍出来，从家具和陈设来看，品位奇低。

问：对狗仔队，你有什么看法？

答：是一种职业。外国老早就有了，不是我们发明的。说是狗仔队跟踪，哪有那么巧？拍出来的照片大多数像事先安排的，被拍的人心中有数，天下也没有那么好的望远镜头（我认为狗仔队没有），狗仔队跟踪的人怎么毫不知情？如果连这一点也不够醒目[①]，那么丑事被拍下也是活该。

问：狗仔队会不会跟踪你？

答：我总是事先声明："寡人有疾，寡人好色。"就算搞什

[①] 粤语中的"醒目"意为聪明伶俐，多用来夸奖别人很会察言观色，很会随机应变。

么绯闻,编辑老爷看到了狗仔队拍出来的照片,往字纸篓一丢,骂道:"理所当然的事,有什么好拍的?"

问:那你一点也不怕狗仔队?

答:怕。

问:怕什么?

答:怕从麦当劳快餐店走出来,被拍一张,一世功名,毁于一旦。谁说我不怕?

有趣的相机分享

好友送了我一个相机,是Minox(美乐时)厂生产的DDC Leica(徕卡)M3。

完全照徕卡M3的外形设计,但变成了迷你型的电子机:高44mm,长74mm,厚47mm。这个相机握在手上,像个掌心雷,比一个鸡蛋大一点点罢了。

别以为它是一个玩具,可有500万像素。镜头又是德国匠人精心制作的,照片放大起来的效果,不逊于日本做的大型傻瓜机的。

记忆卡(存储卡)可用到4GB,要拍多少幅的照片都行,又有个四倍的变焦镜头。

那么小的相机,缺点当然是有的。首先,取景器只有1.5英寸[①],但既然知道它以小取胜,就不会介意。

---

① 英美制长度单位。1英寸合2.54厘米。

镜头不够宽，只有35mm相机相等的42mm。日本机除Ricoh（理光）和Panasonic（松下）有28mm之外，一般的傻瓜机镜头都不是很广的。

最过瘾的是轻巧，装在裤袋之中也没什么重量，而且一拿出来，周围的人都会惊叫："怎么有那么小的一个徕卡！"

四十年前，我买了第一个美乐时的相机，当时它是最先进的间谍相机，用特制的小菲林（胶片）拍摄，虽然没有探测距离的设备，但是附在机身上有条绳带，只要拉着它对准文件偷拍，一定准得不得了，冲洗出来的照片清清楚楚。

其实徕卡最初也是种间谍相机，后来特务嫌它笨重，德国军部才研究出美乐时来代替。

这个小美乐时我一直随身带着，用它拍了不少照片，但是找地方冲洗底片一直是头痛事，后来觉得太烦，但一个友人很喜欢，没钱去买，看那副垂涎相，我送给了他。

当年我买美乐时也是当玩的，但是看到一个不喜欢拍照的美国朋友也用了，就一直怀疑他是CIA（美国中央情报局）人员，被派到东南亚当探子，他工作的机关给的薪水不会很多，但他每晚请我到东京最贵的夜总会，钱如果不是情报机关给的，是谁给的？那时代的舞娘个个都是经过挑选的，如花似玉，给人留下不少美好的回忆。想至此，我应该多谢美国中央情报局。

和周润发分享摄影经验

润发老弟：

报纸周刊上报道你对硬照摄影很感兴趣，但从未在上面见到你的作品。今天，到"Hair Culture Cafe"（发型文化咖啡室）吃中饭，老板比利（Billy）介绍说墙上有一幅你拍的照片，是个瑞士钟，只剪取了一部分，构图优美，明暗调和。看得出你有一对敏锐的眼睛，很有天分做一个好的摄影工作者，勉之，勉之。

我也喜欢硬照摄影，但看的比拍的多，自然眼高手低。我的书法老师冯康侯先生说过："眼高，至少好过眼不高。"我只能用一个业余爱好者的身份，和你分享我学习摄影的经验。你我都忙，见面时间少，还是写一封信给你吧！

从十五岁开始，我借了父亲的禄莱福莱（Rolleiflex）双镜头反光相机到处乱拍，自己冲洗菲林，然后在黑房（暗房）中放大。

记得那台放大机无论被拉得多高，都不够我要的尺寸，最后要把镜头打横放映，照片纸贴在墙上，感光过后用布浸湿显像液涂之。看见那一幅幅形象出现在眼前，我感到无限的欢乐。

所以说，拍照只是一个前奏，冲印才是真正的享受。

当今的摄影爱好者都不做显像和放大处理了。黑白还容易自己动手；搞到彩色，则非托专业黑房人员处理不可。我要说的是即使不亲力亲为，也要站在旁边看一幅心爱的照片的诞生，这样才算完美。

任何一种艺术都要先利其器，我认为与其拥有各种摄影机和镜头，不如先选一个机身，一个镜头。摸熟之后，使其成为身体的一部分，好过拈花惹草。

我的首选是徕卡M3，加上一个90mm的Tessar（天塞）镜头。我认为这两样东西配搭在一起是天衣无缝的。徕卡的对焦不易，但久了就能控制；而那个镜头，我曾经用它来拍老虎，每一根胡须都拍得清清楚楚。

一般人拍完后交给冲印公司，只洗些明信卡大小的照片，那买名贵相机干什么？任何傻瓜机都足够应付！

我用90mm镜头，因为我喜欢拍人像，你有了工具之后，就要选择在摄影上走哪一条路了。

虽然一幅经典之作会影响到我们的兴趣，但我始终觉得是个性使然。个性由遗传基因决定，天生也。

静物总是入门，风景也是最初接触的对象。我常笑自己当年看到海边的一条破船就拼命拍它，英语中称这种现象为boat in the mud。

除了那张钟的照片，我没看到别的，不知道你的爱好是在哪里，静物和风景局限于光与影，要追求风格，这两种对象是难以满足的。

要走哪一条路很容易决定，看大师们的作品好了。

罗伯特·卡帕（Robert Capa）的那张中枪死亡之前的士兵照片令你震撼的话，就当战地摄影师好了。任何地方有天灾人祸，都是你的机会。

抱着婴儿，被两个年幼的孩子依偎着的母亲，她脸上那种无奈的表情虽然没一滴泪，但充分展现了人间疾苦，是多罗西娅·兰格（Dorothea Lange）的作品，看后令人想当义工。

但是人性也有另一个角度的描写，像亨利·卡蒂埃-布列松（Henri Cartier-Bresson）的那张儿童为父亲买了两大瓶红酒，捧着回家的照片，看后对人类是抱着满满希望的。

大家都会记得哈罗德·埃杰顿（Harold Edgerton）的那一滴牛奶变成一个皇冠的照片，和曼·雷（Man Ray）发明的迭影浮雕摄影。这又是另一派了,他们走的是技巧而不是内容。不过,任何新技巧一被用上就已变旧了,也是学我者死的路。

人体摄影总是有幻象的空间,弗朗蒂赛克·德蒂柯尔(Frantisek Drtikol)、弗朗科·丰塔纳(Franco Fontana)、托托·弗里玛(Toto Frima)、赫尔穆特·牛顿(Helmut Newton)都是佼佼者,他们对裸体的着魔变成了艺术。

观察你的个性,人体摄影似乎与你无缘,你也已经超越了抛头颅、洒热血的阶段。人像,才是你最好的选择。

你有拍人像的条件:自己是名人,要请什么人拍,大家不会抗拒你。人的表情千变万化,实在有趣。

当然我讲的不是什么加了数层纱,拍得蒙查查①的美化次货,而是把对象的灵魂都能摄出来的作品。

人像摄影也有危机,那就是大家都记得你拍的人,忘记了是谁拍的,像切·格瓦拉(Che Guevara)的照片就是例子。

但也有不管拍摄对象是哪一个名人,一看就知道是什么人拍的,像尤素福·卡什(Yousuf Karsh)拍的丘吉尔、菲利普·哈尔斯曼(Philippe Halsman)拍的达利和玛格丽特·伯克-怀特(Margaret Bourke-White)拍的甘地。

---

① 粤语,本意是看不清楚。

拍人像也不一定要在影楼进行，卡什就最喜欢在人家的工作环境之中拍，因为那样，拍摄对象才更能放松。而放松是拍人像的秘诀。老明星葛洛丽亚·斯旺森（Gloria Swanson）有两张照片，一张是老太婆，一张看起来不过四十岁左右，前者是她刚遇到摄影师，后者是他们做了朋友后。你老兄人缘好、朋友多，合作对象无数，再也没有比你更好的人选。

一个人把头钻进一种工作，看东西就不立体了。我看过许多电影人说来说去还是电影，时间久了就刻板无趣，而你选择了摄影，我为你高兴。

最后，是成家的问题。学一样东西，众人都想成家：画家、书法家、篆刻家和摄影家。这都是精神负担，到头来成不了家的居多，我们爱上一种东西，只管爱好了，成不成得了家，又如何？百年之后的事，与吾等何关？

祝福

蔡澜顿首

著名摄影师菊地和男的一些事

老友菊地和男又到香港来，这回是他受了一本杂志的委托，要访问亚洲的老饕们，他说第一个就想到我。

菊地不但能写，主要工作还是拍照片，到过世界各地探访，还出版了很多本写真集，像印度古城、英国茶具和未开发旅游资源之前的锡金等。

旅行带来了广阔的胸怀，身为日本人，菊地会批评自己国家的军国主义，是一位不可多得的好日本人。

"下一站要去哪里？"我问。

"意大利都灵，那里有一年一度的白松露菌节，顺便去看看《艰辛的米》那部电影里的种稻女郎。"

"西尔瓦娜·曼加诺（Silvana Mangano）要是在的话也都是老太婆了。"我说。一九四九年此电影风靡全球，女主角丰满的胸部，是当年罕见的性感，也是卖座的主要原因。

菊地也笑了："现在耕田，都用机器了。不过我听说那里的稻田还有些女农夫，种出来的米又肥又大，比日本米还要肥两倍，做出来的饭才是真正的意大利饭。"

我很向往跟他同行："你出门之前一定做详细的调查，那里有什么好吃的东西？"

"听说稻田里还养着肥嘟嘟的鲤鱼，当地人把白米装进鲤鱼肚子里蒸来吃，味道好得不得了。"菊地说。

"你真行。"我羡慕地说，"杂志社给钱，你旅行，又到处找好东西吃。"

"这次我是自费的。"菊地说，"赚的钱都花光了，我到现在还是穷光蛋一个。"

"在回忆上你是有钱人，有许多富翁老了坐在轮椅上，一点好的回忆都没有。他们有钱也不如你。"

菊地带来了一位女翻译员，也是个日本人，她长住香港，广东话说得极好，觉得我这句话挺有意思，用笔记了下来。

我书桌上有些国内出版的杂志《时代周刊》，菊地翻来看，有一篇梁咏琪的访问和几张照片。

"眼边也有些皱纹了。"菊地感叹。

女翻译员记起："当年你也替她拍过照片的，刚出道的时候。"

"这是没有办法避开的事实。"我说,"女人比男人容易老,不管她们花多少精神和金钱去买化妆品和修身。老还是老。"

"对呀。"菊地指着另一本杂志上的巩俐,"我十几二十年前也拍过她,那是她主演《红高粱》的时候,可真是天下大美女,我叫她站在天安门前面,她后面是一队解放军,真是一张好照片,但是现在,也变成一个BABAA了。"

BABAA,第二个BA后面加了一个A,拉得长长的,是老太婆的意思。

那位翻译员忽然沉默了下来,好像感到做女人很悲哀。

"能改变命运的,就是拼命学东西。女人变得聪明好玩,就不会老了。"菊地说。

这句话,翻译员又记了下来。

我们做完访问一齐去吃饭,菊地背着很重的背包,里面装满了摄影器材,手又拿着三脚架。他好节省,没有请助手,但也不让翻译员帮忙拿东西。这是旅行中学到的英国绅士风度,粗重事不必女人代劳。

菊地今年也有五十几岁了吧,他长着两颗又黑又大的眼珠,留着长发,绑成马尾。这是他几十年前已经固定的形象,不跟流行，从不改变。

"你自己有没有一张最满意的照片？"我问。

菊地回答："我去了武夷山，看到一棵最老最大的茶树，要跑到很远的地方才能把整棵树拍下，我一按时间掣（定时器），再拼命跑回树下，连续拍了几次都来不及，差点心脏病发作死掉。"

我记得他出版的那本《中国茶之海》的摄影集，封底的那张作者照片，拍得很有意思。

为了这本书，菊地对中国茶的研究加深，也爱上了普洱。我在数十年前红茶很便宜的时候收藏了很多红印茶饼，当今放在办公室的书架上，有朋友来到就泡来喝，毫不吝啬。他上次来香港，我带他去拍普洱专家坚哥。坚哥看了照片非常喜欢，送他很多珍藏品，我想他也会照泡给友人喝的，这就是沉浸于艺术带来的胸怀。

如何跟着时代用摄影谋生？

这个星期不旅行，在香港度过。有空，逛尖沙咀，走到加拿芬道，一抬头，哈，"国际摄影"的大招牌仍然挂在嘉芬大厦的楼上，想起老友，已多年不见，就爬上楼梯。

高仲奇兄还坚守着他的堡垒。"国际摄影"始创于一九三六年，在香港成立至今已几十年了。

仲奇兄的轮廓不变，还是那张娃娃脸，头发有点稀疏罢了，笑嘻嘻地欢迎我。我眼前的这位人物充满传奇性，对摄影界的贡献非凡，他如果在日本，早就被视为人间国宝了。

二十世纪六十年代的影坛巨星，没有一个不找高仲奇拍照的，照片不经他手，根本没有地位。

"大量晒相"的全盛时期，除李丽华、陈云裳、王丹凤、李香兰、白光、夏梦、石惠、芳艳芬、红线女、白燕等前辈之外，林黛、凌波、乐蒂红极一时，当然也忘不了尤敏、葛兰、叶枫和狄娜，粤语片崛起时有陈宝珠和萧芳芳，接下来是邵氏的一群：何璃璃、胡燕妮、丁红、杜鹃、李菁，另有台湾来的甄珍、林凤娇、汪萍、汤兰花、邓丽君等，已经不能一一细述。所谓"大量晒相"，就是因有供不应求的影迷热潮，"国际摄影"一天要印一万多张照片，好让影迷在床头贴上一张。

"国际摄影"由高仲奇的父亲高岭梅创立，早在上海、南京、成都、昆明等都市有分店。高老先生养有十一子，来到香港后遇车祸，家人的负担全落在高仲奇身上，他十几岁就出来跑江湖，为各个女星拍照。一拍得美，人都来找他，日夜奔波。

美女们当他是一个小弟弟，拍照拍到三更半夜，叫他送回家，也没对他有进一步的要求。在香港，明星看得最多的就是他了。不单看，还要动手动脚指导她们摆姿势，羡慕死人。他建立的这一股势力，是无人可以代替的。

有一天，他把籍籍无名的林黛的一张黑白照片摆在影楼的橱窗中，翌日就有人找林黛签约了。

高仲奇为林黛拍的照片至少有数百张，她去世时，高仲奇为她在大会堂八楼举办了一个摄影展，影迷排队排到楼下，还挤坏了玻璃，老一辈人也许都会记得这场盛事。

约好尤敏来为摄影展剪彩，这件事鲜为人知。林黛和对头公司有约，国泰不准尤敏出席，她坚决地说："林黛是我的朋友。"说完她才不管那么多，照剪不误。在当年，这算是一种很大胆的反抗行为。

时间是留不住的。张彻的出现，令阳刚电影抬头，打仔一群群把美女们挤了出去。杂志发的都是生活照，没人光顾影楼，除非你是一个食古不化的过气老饼①，还想翘起一只脚，弯着手臂，托起下巴来拍一张宣传照。

难关怎么渡过的？那群美女也要结婚的，结婚就要拍结婚照呀！刚好这时候高仲奇遇到太太吕洁贞，人聪明，会设计婚纱，萧芳芳等人一来拍，所有的大明星结婚都来找高仲奇，当然连带着她们的影迷。

就算是离婚，再婚，也没多少次，婚纱热潮又造就了很多其他公司，回到门前冷落的日子。这时候赛西湖的楼盘要卖，高仲奇爬上铜锣湾的高楼，拍下港九全景，为地产商设计一套卖楼盘的宣传册子。这也是香港首创。结果十四栋楼，每栋两百个单位，一下子卖光。

楼盘的照片是把模型拍下，再将空军用飞机俯拍的照片合成，在有计算机的今天不算什么，但当年是轰动一时的杰作，从

---

① 在粤语中指年纪较大的人。

此之后"国际摄影"一直有卖楼盘的生意可做。

十年又过，各大宣传公司冒起，买卖分薄，高仲奇正在焦急时，移民潮来了。

要移民，总得拍一张全家福呀，留给不走的父母或亲戚作为纪念，也是人之常情。异邦的新居比香港住过的宽阔，更须挂着一张巨大的照片装饰，大家都来"国际摄影"拍完放大，和家具一齐用货柜箱运到加拿大去。

再过十年，其间顾客之中，名流居多。

商界人士，多年来已和高仲奇有过交往，每隔几年来拍一次家庭照；到了九十大寿，当然也要保留下几张合家欢（全家福），但最重要的还是个人照片；临终之前，也可以在这些年来拍过的照片中选出一张自己最满意的。

在众女星之中，高仲奇为乐蒂拍的照片最多，乐蒂相当腌尖[①]的个性，不是每一个人都信得过，她只许高仲奇一人为她拍，结果是被拍的人和看的人都满意。近来有很多中国台湾和星马的商界人士，都认为乐蒂被凌波在《梁山伯与祝英台》中的风头盖过，想重新赞扬这位美艳无比的巨星，纷纷要求高仲奇为乐蒂在各地举行摄影展。

---

① 粤语，形容人挑剔，意见多。

高仲奇为人随和，自己很崇拜乐蒂，也就赞同，从仓底找出多张代表作，放大后还是那么清晰，准备好去参展。经过了那么多年，现在看来，技巧与姿势并不过时，再加上时装复古，每张照片的表情都不同，更是百看不厌，大家有眼福重睹这位美人的风采。

其实高仲奇的作品收藏，是一个巨大的财富，不只留下人物的倩影，还见证了香港的历史，我答应为他设立一个网址，将所有的照片让人能从计算机下载，这是一件很值得去做的事。

书法

人间至趣

如何开始学习书法？

"我的字写得很丑，您教我书法好吗？"弟子问。

"单单觉得字难看，而要学书法，是不够的。所谓书法，是一种艺术，要渐渐觉得很喜欢，到最后入迷，才来学也不迟。我是从四十岁学起的，现在才有点像样，你有大把时间先学你更喜欢的东西。"

"如果我想马上学，有什么方法？"

"像我老师冯康侯先生教我的，从行书学起，选王羲之的《圣教序》临摹。"

"为什么别的帖不行？为什么不临楷书而临行书？"

"《圣教序》中的字数多，可以学到各种变化，行书写起来比楷书方便，最实用。"

"可以把我的字变美吗？"

"绝对能够令你的字脱胎换骨,我以前的字简直是鬼画符。所有的艺术,都要先下一番苦功,没有乘直升机达到目的的。中国的艺术,讲究拜师。有人指导,可以教你一条快捷方式,不必走冤枉路,也不会教你学粗俗低级的字帖——那会学坏人的。你写几个字给我看看。"

徒儿抓起毛笔,写了东南西北。我说:"唔,还可以。"

"从几个字就能看出一个人来吗?"

"当然。你看李鹏写的字,鼠尾拖得很长,说什么也教不好。"

"你真的是一个好老师。"

"形式上我是你的老师,精神上我不要做你的老师。"

"???"

"我的老师说:'我只告诉你,要向什么人学,我也是向这些人学的。我临古人帖,尔等亦临古人帖,故我们非师徒,同学也。'"

从《心经》开始练习书法

进入佛教的世界,最简易的方法,还是从抄《心经》开始吧。

不必了解经文说些什么,念熟了,心灵自然平静,短短二百六十个字,念熟并非难事,原文为:

般若波罗蜜多心经

观自在菩萨,行深般若波罗蜜多,时照见五蕴皆空,度一切苦厄。舍利子!色不异空,空不异色,色即是空,空即是色。受想行识,亦复如是。舍利子!是诸法空相。不生不灭,不垢不净,不增不减。是故空中无色,无受想行识。无眼耳鼻舌身意。无色声香味触法。无眼界,乃至无意识界。无无明,亦无无明尽,乃至无老死,亦无老死尽。无苦集灭道。无智亦无得。以无所得故。菩提萨埵，依般若波罗蜜多故，心无挂碍。无挂碍故，无有恐怖，远离颠倒梦想，究竟涅槃。三世诸佛，依般若波罗蜜多故，得阿耨多罗三藐三菩提。故知般若波罗蜜多，是大神咒，是大明咒，是无上咒，是无等等咒。能除一切苦，真实不虚。故说般若波罗蜜多咒。即说咒曰：揭谛揭谛，波罗揭谛，波罗僧揭谛，菩提萨婆诃。

好了，从古至今，有多少人想把这篇由唐三藏法师玄奘从梵文翻译过来的经文解释，但都是愈解愈烦，有些人还把这二百六十个字写成一本厚厚的书呢。

这《心经》的原意刚好相反，它是用最简单、最少的字眼来说佛教的真髓，我们这些凡夫俗子，连最基本的精神都不懂。

最初接触《心经》，是有疑难的，最后的那几句到底说些什么？玄奘认为既然是咒文，就不必译了，用同音字来念就行。

如果你一定想知道，那么梵文中的"揭谛揭谛"，是渡者，渡者，到彼岸的渡者们，完全到达彼岸的渡者们。觉悟吧，幸福吧！

一字一字仔细地从头翻译，那么"般若波罗蜜多"是什么？般若是智慧，波罗蜜多是达到彼岸的完成。

至于第一句的"观自在菩萨"，有些人也翻译成全篇；其实玄奘的原意，也只是说观音又称观自在，菩萨就是菩萨，观音菩萨，就那么简单。

"行深般若波罗蜜多"，就是到达彼岸的时候。

"时照见五蕴皆空"，倒是非停下来说明什么是五蕴不可了。一、色蕴：物质、身体。二、受蕴：感觉。三、想蕴：概念、想念。四、行蕴：意思、欲求。五、识蕴：认识、知识。其他的照字面意解释即可。

"舍利子"，是释迦的十大弟子之一。这是佛祖在叫他。

其他的照字面意解。受想行识，则在五蕴中解释过。

接下来那几句亦为见字识义，十八界则包括了"六根"：眼根、耳根、鼻根、舌根、身根、意根。"六境"包括了：色境、声境、香境、味境、触境、法境。"六识"：眼识、耳识、鼻识、舌识、身识和意识。

"菩提萨埵"亦为音译，梵文中的"求悟的人"。

"涅槃"当然是最后达到的彼岸。

"三世诸佛"为过去、现在、未来三世之佛。

"得阿耨多罗三藐三菩提"的梵文意为：无以至上的完全觉悟。

《心经》，就是那么简单明了，凝缩了佛教的根本，就是一个"空"字，理解了这个"空"，就对一切都不执着、不强求，欲望和苦恼就减少了。它甚至叫人也不必太过相信宗教，因为连佛教也是空的。

我并不知道相信佛教有什么用处，但是我的亲自经验告诉我，闲时抄抄《心经》，自己得到无上的宁静。有时为身在苦难或疾病中的亲人和朋友抄抄《心经》，也会消除无奈和无助的感觉。

用原子笔抄也好，当然毛笔更好。

"字那么难看，又已经几十年没用毛笔了，怎么抄？"友人问。

很容易。日本的文具铺里，可以买到一行行空白的书经稿纸，铺在一篇原文上面，照写好了。最初字形会很丑，但是写了数十篇，字自然美丽起来。不相信吗？照做后不行再来找我算账。

了解了《心经》大概的意思之后，便可以开始抄经了。

为什么要抄？念念不就行吗？说得也对。但做任何事，注意力集中，总是好事。

念《心经》，总不比抄《心经》来得印象深刻。

我们有了疑问，有了烦恼，求佛，是一个轻松的方向。在念《心经》的过程中，我们得到平静，如果能抄抄经，那更可以像经文中所说："心无挂碍。无挂碍故，无有恐怖，远离颠倒梦想。"更是"能除一切苦，真实不虚"了。

抄《心经》应有一个仪式，但很繁复，让僧人去做吧。我们俗人，至少要做到的是沐浴，或最基本的洗干净手。

然后，可能的话，焚一炉香，学会焚香也是一种乐趣。首先找个香炉，里面铺满香炉灰，点着引子，把削得细细的檀香木一根根架成三角形，最后看它慢慢燃烧。

"呵，何必搞那么大阵仗？"你说。

好，点一根香，总行吧？

在书桌上铺一张纸，最好是有红线分行的那种，不然白纸也行，看着经文，开始抄经。

我的书法和篆刻老师冯康侯先生教导："临帖时，别一个个字照抄，而是一句句照抄。"切记，切记。

用什么工具都行，钢笔也无妨，但最好是毛笔，别怕，它只是一管竹和一撮毛的组合，不是怪兽。我们永远是主人，它是奴隶，如果你会用筷子，就能掌握毛笔。

担心写不好的话，可以把第一句的"观自在菩萨"写完再写，写个五十次，你便知道不是那么难嘛，那么就可以重复再抄第二句的"行深般若波罗蜜多"了。

用什么字体呢？楷书、行书、隶书或草书都行。

《心经》是庄严的，我还是建议先用楷书，抄熟之后再用行书也不迟。

临字帖，当然要选最好的古人字迹，书法家从古至今无数，但精华来自老祖宗王羲之，止于苏轼、米芾、黄庭坚和蔡襄等宋四家。

王羲之的字可从《圣教序》学起，而宋四家的字则各有名帖可学，《圣教序》中字形很多，可以找来写《心经》，而其余名家的，可从《宋四家字典》中一个个字翻出来。

如果你嫌这一切都太麻烦，那么用你自己的字形去抄好了，不要紧的，只要你肯抄。

我自己在抄经过程中，临摹过很多名家的《心经》全文，最后我发现写得最安详的只有弘一法师的书法。

弘一法师是丰子恺的老师，原名李叔同，早年留学，是个公子哥儿，演话剧、办文艺活动。他临魏碑，书法极美。返国后当老师，又能作曲，留下不少儿歌，最后出家。

因为他是位知识分子，对佛教的理解有别于普通的和尚，我认为阅读他的演讲稿和论文，足矣。

弘一法师晚年的书法，已尽失火气，达到最平静的层次，是真正的和尚字，而抄写《心经》有什么好过用和尚字呢？

《心经》原稿可从《弘一法师全集》中找到，内地也出版过线装书的精装本，可以买来临摹，最为完美。

学写字，最初要求变化，把《心经》中出现最多的"色""空""无"那几个字，用不同的结构去抄写。

到了弘一法师的《心经》字体，纯朴可爱，重复就重复，也不必变化了。能领悟这种心态，就进入更深的一层。如果像《心经》上所说："是无上咒，是无等等咒。"那么，弘一法师的书法，是无上书法，是无等等书法。

在一九二三年，弘一法师曾受印光大师的教导："若写经，宜如进士写策，一笔不容苟简，其体必须依正式体。"所以他用的都是楷书，一笔一画皆以缓慢、恭敬的节奏进行。

我们学习弘一法师的书法，必须学习这个精神。用平和的心态来写《心经》，就可以气定神闲地走入"静"的境界里。

而弘一法师在圆寂之前，最后写的四个字，并不像和尚字，这"悲欣交集"四个字最美，最自然。法师生前喜欢写的一副对联是："自性真清净，诸法无去来。"达到这个境界，他的"悲欣交集"不必用和尚字，也是真性字了。

抄《心经》是接触佛教最简捷的一条大道，全卷只有二百六十个字，却为六百卷《大般若经》的精髓，字数最少，含义最深，流传最广，诵习最多，影响最大，最佛教最基础、最核心的一部经文。

人一生能否与《心经》邂逅，全属缘分，得之便知是福，识之便得安详。那二百六十个字，许多年来有多少人试译，甚至写成洋洋数万字的书来诠释，但都是画蛇添足之举。

不了解吗？不必了解，读了总之心安理得，烦恼消除，你能找到更好的经文吗？

念经很好，抄经更佳。

怎么抄？文具店里有许多工具，最简单的是已将经文印好，你用一页薄纸盖在上面，用毛笔照抄就是。更简单的是把字体空了出来（指凹槽练字帖），我们蘸墨填上去即可。在日本更有很多寺院设有抄经班，由和尚指导，参加之人可得一两个小时的宁静。

如果对书法有兴趣，用抄经来进行书法的学习和研究，那心灵上就更上一层楼了。

我老师冯康侯先生教我，书法有许多字体，最通用的是行书，我学习后可以脱胎换骨，写一封信给家人或朋友，比所有表达感情的方法更为高级。

行书怎么入门？莫过于学书圣王羲之，而经典中之经典，是王羲之的《圣教序》，到处都可以买到一本来临摹，而这本帖中就有王羲之写的《心经》。

后人抄经，都有王羲之的影子，他的书法影响了中国人近两千年。临他的字，不会出错，但有些人说王的《心经》是用行书写的，抄经应该焚香，沐浴，正坐，一字一字书之，才能表达敬意。

真正了解佛教的，便知道一切不必拘泥，如果你认为用楷书才好，就用楷书吧，但用楷书应该临哪一个人的帖呢？了解了抄经之后，便会发现原来这世上不止你一个，我们的先人抄《心经》的可真多。

从唐朝的欧阳询、宋朝的苏东坡、元朝的赵孟頫、明朝的傅山到近代的溥儒，他们都规规矩矩地用楷书写过《心经》，而其中最正经的莫过于清朝的乾隆，皇帝写字不可不端庄，但写出来的，当然逃不过刻板。

如果你想用楷书抄写《心经》，那么这些人的字都要一个个去学，为什么呢？我们写字写得多了，就要求变化，而《心经》之中出现了不少相同的字，像这个"不"字就有九次，"空"字出现七次，而"无"字更厉害，出现了二十一次之多。那么多次出现的重复字，我们当然想求变化，不要写来写去都是同一形状，同一字体。在求变化之中，你读到其他人写的《心经》，就可以从中学习了。

写经就是刻板，写经就是不必有变化，有些人说。弘一法师写的《心经》，在字体上有很多字是相同的，那是他不刻意变化，但是其中也有变化，都是不刻意的变化，这又是另一层次的书法了。

临弘一法师的《心经》，临得产生兴趣，那么就可以从他作为李叔同的年代临起，他最初写的是魏碑体，后来出了家发现棱角过多，才慢慢研究出毫无火气的和尚字来，过程十分之有趣，临多了，字的味道就出来了。

除了临楷书，就是临行书了，临完王羲之的行书，便可以临赵孟頫的，文徵明的，董其昌的和刘墉的，各人的行书都有变化，皆有自己的风格。

用篆书写《心经》的例子并不多，代表作有吴昌硕和邓石如的，我自己临摹众书体时，发现最有兴趣、最好玩的还是草书《心经》。

草书已像金文、甲骨文，是逐渐消失的字体，当今看得懂草书的人没几个，其实草书的架构，临多了便能摸出道理，并不是想象中那么难学的。看懂了草书，进入古人的那种行云流水的境界，真是飘逸得像个活神仙，舒服得说不出话来。

但是我还是介意太多人不能欣赏草书，所以我学草书时多选些家喻户晓的诗句，另外就是用草书来写《心经》了，凡是学过那些诗句和《心经》的人，一看就知道那个句子是什么，写的是什么字：啊，原来可以那么写！愈看愈有味道。

以草书写《心经》的历年来有唐朝的张旭和孙过庭，近代的于右任也写过，写得最好、最美的，是元朝的吴镇。虽说那是书法作品，但简直是一幅山水画。

从前要找出那么多人写的《心经》难如登天，当今已有很多出版社将各版本搜集出来，初学者可以买河南美术出版社的"中国历代书法名家写心经放大本系列"，但临帖时想看笔画的始终和变化，买愈精美的版本愈好，当今有线装书局出版的《书法名品精选：心经大系》，用原本复制高清图印刷，一共收集了十六卷，值得购买，广西美术出版社的《历代心经书法名品集》多录了明朝张瑞图行草和沈度的楷书，清朝邓石如的篆书和近代溥儒的楷书。江西美术出版社出版的一系列《心经》，也印刷精美，在网上随时买得到。别犹豫了。

学习书法有什么作用？

我对荣宝斋的印象，来自儿时家中的木版水印画，与真迹毫无分别，另外家父藏的许多信笺，都是齐白石为荣宝斋画完印出的，精美万分。

首回踏足北京，第一件事就是到琉璃厂的荣宝斋参观，当时感到非常之亲切，像回到家里一样。从此去了北京无数次，一有空闲，必访荣宝斋。有一年适逢冬天，在荣宝斋外面看到一位老人卖烤地瓜，皮漏出蜜来，即要了一个，甜到现在还忘不了。

家里的许多文具都是在荣宝斋购买的，尤其是印泥，荣宝斋的鲜红，是其他地方找不到的。当然还有笔墨、宣纸等，我每到一次，必一大箱一大箱买回来。

荣宝斋最著名的还是它的木版水印，我参观过木版承印制作的整个过程，惊叹其工艺之精致，巅峰的《韩熙载夜宴图》用了一千六百六十七套木版，仅木版制作就花了八年功夫，前后长达二十年才完成，是名副其实的"次真品"。

我的书法老师冯康侯先生曾经说过："与其花巨款去买一些次等的真迹，不如欣赏博物馆收藏的真迹印刷出来的木版水印。"

我与荣宝斋有缘。当谭京、李春林和钟经武先生提出可以为我开一个书法展时，我觉得是无上的光荣，原意是和苏美璐一齐去的，但她忧虑北京的空气，最后还是由我一个人献丑！

说好六十幅，我还是只打算写五十幅，留十幅让苏美璐展出她的插图，至于展览的题名，我始终认为"书法"二字对我来说是沾不上边的，平时练的多数是行书和草书，最后决定用"蔡澜行草，暨苏美璐插图展"。

之前，我与荣宝斋合作过，用木版水印印了我写的"用心"二字，印刷品卖得甚好，这回也同样地印小幅的《心经》和一些原铃的印谱，出让给有心人。

画展和书法展是我经常去看的项目，我时常构想，要是自己来办，会是怎么样？第一，看别人的，如果喜欢，多数觉得价钱太贵，一贵，就有了距离。基于此，木版水印是一个办法，喜欢的话，捧一幅印刷品回去，是大家负担得起的。但木版水印制作印刷品的过程繁复，亦不算便宜，好在我的商业拍档刘绚强先生是开印刷厂的，拥有最先进、印刷效果最精美的印刷机，每一部都有一个小房间那么大，刘先生会替我印一些行草印刷品出来，价钱更为低廉。

书法展决定在二〇一七年十月二十七日至十一月一日举行，一共六天，到时我会在会场与前来参观的各位交流，如果各位有喜欢的句子或绝句，亦可当场书写。

书法展举行期间，荣宝斋要我办一场公开演讲。这也好，荣宝斋有自己的讲堂，我不必跑到其他地方，主办方要我确认演讲的内容。我一向都不做准备，勉为其难，就把讲题定为"冯康侯老师教导的书法与篆刻"。对方又说要一个简单的提纲，我回答一向没有这种准备，到时听众想听什么就讲什么吧。

多年来勤练行书和草书，要说心得，也没什么心得，不过冯康侯老师教的都是很正确的基本，我就当一个演绎者，把老师说的原原本本搬出来，应该不会误人子弟。

当今，学书法好像是一件很沉重、很遥远的事，我主要讲的是，不要被"书法"这两个字吓倒，有兴趣就容易了。没有心理负担，学起来更得心应手。做学问，不必有什么使命感和责任感。练书法是一件能让人身心舒畅的事，写呀写，写出愉悦，写出兴趣来，多看名帖，那么你会有交不完的朋友，虽然都是古人，像冯康侯先生说的："我临古人帖，尔等亦临古人帖，故我们非师徒，同学也。"

这个书法展，我有多幅草书。草书少人写，道理很简单，因为看不懂，我最初也看不懂，后来慢慢摸索，就摸出一些道理来。

这回我选的草书内容都是一些大家熟悉的，像《心经》，各位可能都背得出来，用草书一写，大家看了，说："啊，原来这个字可以那么写的，原来可以这么变化。"兴趣就跟着来了。

草书有一定的规则，像"纟"旁，写起来像一个"子"字，今后大家一看，即刻明白，只要起步了，慢慢地都能看懂。

草书也不一定要写得快和潦草。我记得冯老师说过："草书要慢写，一笔一画，都有交代。"一位学草书的友人说："笔画写错了也不要紧，但是慢慢写，不错不是更佳？"

"书法家"这三个字，我是绝对称不上的，"爱好者"这三个字更适合我。成为一个"家"，是要花毕生精力和时间去钻研的，我的嗜好太多，不可能完成这个任务。

把书法当成兴趣最好，研究深了，成为半个专家就好了，不必看得太过沉重。一成为半个专家，兴趣就成了一种求生本领，兴趣多，求生本领也多，人就有了自信。

人家问我学书法干什么，我一向回答："到时，在街边摆个档，写写挥春，也能赚几个钱呀。"

行草展花絮

在北京的荣宝斋开了我人生中第一个展览。展览开始前一天抵达，看布置已经做得完善，放心了。除了自己的字四十六幅，还有十张苏美璐的插图，才没那么闷。我也是一个常去看展览的人，发誓若有机会自己开一个，一定克服一些小毛病。

什么毛病呢？通常看完展览就走，没买到一幅。为什么？贵呀。所以这次我和主办单位商量好，尽量把价钱压低。真迹还是觉得太贵的话，买本纪念册好了。纪念册也分三种，平装版的大家都可以轻松地带回去，要求好一点的有两种尺寸的版本，用宣纸印刷，精美得很。

开一个展览，再多人来看也是那么一群，当今有了互联网，我在各个平台上把作品放上去。荣宝斋也与时俱进，有自己的网站可以出售作品，所以网站出售的连同现场出售的加起来，第一天作品已经卖掉一半以上了。

事前主办单位问我要不要开个酒会之类的,我最怕这种应酬了,什么都不要,也谢绝了花篮,每次看到展览结束后被丢弃的那么一堆,就觉得又浪费,又不环保。我开玩笑说不如折现吧,再不然就用这些钱买本纪念册。

展厅一共有两层,下面一层我放了一幅很长很大的草书《心经》,当成"镇店之宝"吧。来看的人因为熟悉内容,对着那些鬼画符似的草书,也能一字字念出。

检讨第一天的成绩,发现最快卖出,也是卖得最好的,是我那些内容不合常规的。像"别管我"那幅字,卖完后还有客人再订。展厅的二楼设有一张案桌,有好友糖糖在那里泡浓得似墨的熟普洱给我喝,另一张大的案桌留着给我写字,我一有空当,就在那里写呀,再写,然后把卖出的书法作品拆下,给客人带走,我写完字,荣宝斋即裱,随时补上。

第二天是重阳节,我在荣宝斋大讲堂做了一场公开演讲,这回有友人褚海涛开的"无忧格子"奶酪赞助,组织了团队,在现场直播,然后再转发到其他网络平台,不然的话,来的人再多,也比不上利用互联网的效力,那么高。

大家的问题我一一回答,除了书法上的问题,还有感情的、美食的,大家反应非常热烈。

字接着卖,没有停过,我一有空当,就在整个琉璃厂中溜达,每家字画店、古董店和书店都进去逛逛,是我多年来的心愿。

第三天,应清华大学同学的邀请,我到礼堂去和大家交流。清华大学当时的银杏树树叶都已金黄,配着那几天难得的清澈蓝天,环境特别漂亮。学生们的问题集中在年轻人的迷惘上,我告诉大家克服迷惘的唯一方法,就是培养一种兴趣或嗜好,研究再研究,研究深了,就会找很多书看,一看之下,发现原来早已有人做过更深的学问,你能与古人交朋友,哪有时间寂寞或迷惘?

我也不到处去找东西吃了,北京的交通不是开玩笑的,一出门就堵车一两个小时,还是乖乖留在展览会场。好友洪亮到各名店去打包,把一堆堆美食买回来,荣宝斋也特别"开恩",让我在茶桌上开餐,吃得饱饱。

洪亮是摄影机名厂哈苏的高层,到处去展示产品,也乘机寻找美食,吃得身材略胖。我为了答谢他的心意,写了"肥又何妨"相送,他高兴得很。

字继续卖,我继续补,但也会闷的,闷起来,我和小朋友们玩。摄影家刘展耘的小女孩很可爱,我画了一个《半鼻子》中的卡通人物,先画五个小圈,再一个大圈,点上眼睛,即成。刘千金看得大笑，我也画得发狂，再来一张史努比睡在狗屋里的图给她。铺满一地的字，刘展耘要他女儿选一幅，她挑了一幅"酒色财气"，真是孺子可教。

和荣宝斋结缘，由我请他们刻木版水印开始，"用心"那两个字印了多幅，卖完又卖，这也是替来参观的朋友们着想，真迹太贵，也可以收藏和真迹一模一样的、便宜的木版水印制品，我替买的人题上名字上款，再原钤一个印章。

我的生意上的拍档刘绚强先生，一个印刷界的巨子，拥有最先进的印刷机，像一间房子那么大，什么原材都可以印上，玻璃、宣纸、布条，这次他为我做了很多真迹的衍生品，都价廉，其中一幅"莫愁前路无知己，落花时节又逢君"特别受欢迎。不来现场的，在网上也可以买到。

展出期间来了一位嘉宾，大家也认识，就是钟楚红了，许多在现场看字的朋友遇见她了，都不相信自己的眼睛。

荣宝斋行草展，为期六天，圆满地结束了，展品四十六件全部售罄，应大家要求，再添了多幅，又有订制作品十数件，算是对荣宝斋和自己有一个交代。

一般展览，开完了就完了，但当今的展览可以不断地延伸，在网上继续出售展品。大家对"别管我"有兴趣，再下来就有"谁在乎""管他呢"等，都是不正经的，都是以前书家不肯写的，我才不管，大家喜欢什么买什么，国内人士的所谓"接地气"，就是这么一回事。

返港后，倪匡兄说："北京有那么多书法家，你竟然敢去撒野？"我笑着说："大家对老人家还是客气的，所以现在七老八老才有勇气。觉得最好的字还有一幅，即双鬓斑斑不悔今生狂妄。"

可悬酒肆

我与荣宝斋由制作"用心"二字的木版水印制品而结缘,在二〇一七年底于他们的北京展览厅举行了我的行草展,展品获大家喜爱,全部售罄。再接再厉,二〇一八年的春天,我们在香港的荣宝斋再来一次。

为求变化,我向香港荣宝斋的总经理周伯林先生提出,不如与苏美璐一起举办,周先生表示赞成,展名顺理成章地叫"蔡澜、苏美璐书画联展"。

苏美璐和我合作,不知不觉之中已经三十年,连她英国的儿童书籍出版商也觉得这是一件很难得的事,当今她在国际间的名声甚响,《纽约时报》记载过:"苏美璐的作品充满光辉,每一幅都像日出时照透了彩色玻璃……"

她的插画获得无数奖项,尤其是一本叫 *Pale Male: Citizen*

*Hawk of New York City*的，描述纽约的老鹰如何在"石屎森林"中骄傲地活下去的，图文并茂，值得收藏。

好莱坞的奥斯卡影后朱丽安·摩尔的儿童书《我的母亲是一个外国人，但对我来说不是》（*My Mom Is a Foreigner, But Not to Me*），也指定要苏美璐为她绘插画。

二〇一八年这回联展，我选了自己六十幅字，选了她六十幅图画，都是以前在我写过的文章中出现过的。我每次看自己的专栏时，先看她的画，总觉得画比文字精彩，当今各位有机会能买到一幅。

至于我的字，看过师兄禤绍灿先生之前举行过的展览——各种中国字的形态都精通，数百幅字洋洋大观，实在是大家之作，我越看越惭愧，我只能用我写惯的行草写字，其他的如大篆、小篆和钟鼎、甲骨等，一概不通。

能够有机会做展览，也拜我在其他方面的声誉所赐，尤其是饮食界，有很多人要我替他们的商店题字做招牌。我是一个商人，见有市场，就坐地起价，最初是几千一个字，渐渐涨到一万，接着就是翻倍，一翻再翻，当今已是十万人民币一个字了。

餐厅通常以三个字为名，共收三十万，对方也是商人，也会精算，花三十万买个宣传，不贵也。所以越来越多人叫我写，看样子，又得涨价了。

本来书画展都有一个副题，像绍灿兄的叫"心手相师"，如果要我选一个副题，我一定会用"可悬酒肆"四个字。

的确，我的字都是游戏，尤其自娱，在写题下款时，很多书家喜用某某题，但是我写得最多的，是"墨戏"这两个字。对于我，每一幅都是在玩。

也许是抱着这个心情，我可以放松自己，写自己喜欢的句子，绝对不会是"圣人心日月，仁者寿山河"那么古板，也不会"岂能尽如人意，但求无愧我心"那么玄奥，更非常之讨厌"业精于勤，荒于嬉"之类的说教。

我时常想起的是丁雄泉先生的画，并非毕加索的名作，丁先生的画充满令人喜悦的色彩，挂在家中墙上，让看画的人每天开心，我要的就是这种感觉。

把幽默注入古诗之中如何，"思君令人老"为上句，下句我写的是"努力加餐饭"，即刻有趣了。

简单一点，用两个字或三个字的也耐看，之前写的"开心"喜欢的人最多，"无妨"也不错，"别管我"和"不计较"，狂妄一点，来个"不睬你""管他呢"和"谁在乎"。

一个字的，我最爱"真"和"缘"。以前在书展时，有人要求写个"忍"字，我问对方："你结婚多少年了？"

回答:"二十年。"

我说:"不必写了,你已经是专家。"

与其写"随心所欲",我在北京时常听到他们说的四个字是"爱咋咋的",也很喜欢。

长一点的、大幅的,写草书《心经》。草书少人看得懂,但《心经》人人看得懂,每一个字都熟悉,细看之后,大家常说:"啊,原来这个字可以这么写!"

另外有黄霑的《沧海一声笑》和《问我》《塞拉利昂下》,更是每一个香港人唱得出的歌词。

每次去看书画展,有些自己喜欢的,但都觉得太贵,基于此,这次也同我上回办书展一样,出一本印刷精美的纪念册。我的生意拍档刘绚强开印刷公司,拥有最先进的HP(惠普)印刷机,加上他公司的杜国营是个要求完美的设计家,会制作两种用精美的纸张印刷一种精装版,一种平装版,各位都可以随手拿回一本。

苏美璐为这次展览画的海报亦在现场出售,加上各种书法的衍生品,如瓷制印刷品等,都平易近人。

展览从二〇一八年三月二十七日开到四月三日,于香港中环长江中心三楼的香港荣宝斋举行,请各位有空来逛逛。

书画展点滴

香港荣宝斋"蔡澜、苏美璐书画联展",从二〇一八年三月二十七日至四月三日为止,圆满地结束了,我拍了一张照片在社交平台发表,配字句:"人去楼空并非好事,但字画售罄,欢乐也。"

邀请函上说明为了环保,不收花篮,但金庸先生夫妇的一早送到,王力加夫妇一共送两个,陈曦龄医生、徐锡安先生、师兄禤绍灿、沈星、春回堂的林伟正先生、成龙和狄龙兄的也前后送到,冯安平的是一盘胡姬花,最耐摆了。

倪匡兄听话,没送花,但也不肯折现,撑着手杖来参加酒会,非常难得,他老兄近来连北角之外的地方也少涉足,来中环会场,算是很远的了。

酒会场面热闹,各位亲友已不一一道谢,传媒同事也多来采访。为了不能参加的友人,我在现场做了一场直播,带大家走了一圈，亲自解说。

记得冯康侯老师曾经说过，开画展或书法展也不是什么高雅事，还是要说明给到场的人字画的内容，这和推销其他产品没什么分别。

我照了X光后，医生说我可以把那个铁甲人一般的脚套脱掉。浑身轻松起来，加上兴奋，酒会中我又到处乱跑，脚伤还是没有完全恢复，事后有点酸痛。

再下去几天，就不能一一和到来的人一齐站着拍照了，干脆搬了一张椅子在大型海报前面，坐着不动当布景板——朋友们要求，就不那么吃力。

合照没有问题，有些人要竖的拍一张，横的拍一张，好像永远不满足。他们都很斯文，有的人样子看起来很有学问，但是最后还是禁不住摆起剪刀手，他们不觉幼稚，我心中感到非常好笑。

当我已经疲惫不堪时，其中一位问我站起来可不可以，我就老实，且不客气地说："不可以！"

自己的字卖了多少幅我毫不关心，倒是很介意苏美璐的插图卖了多少，又每天写电邮向她报告，结果颇有成绩。我自己买了三幅图送人，一幅是画墨尔本"万寿官"的前老板刘华铿的，苏美璐没见过他本人，但画的样子像得不得了，另一幅是画"夏铭记"，还有上海友人孙宇的先生家顺，应该是很好的礼物。

自己的字,有一幅我觉得还满意的是"忽然想起你,笑了笑自己"。第二个"笑"字换另一方式,写成古字的"咲",很多人看不懂,结果字还是卖不出,直到最后一天,才被人购去了,到底还是有人欣赏。

写的大多数是轻松的,只有一张较为沉重——"君去青山谁共游",一位端庄的太太要了,见有儿子陪来,我趁她不在时问她儿子为什么要买这张,他回答道"家父刚刚去世",我向他说要他母亲放开一点,并留下联络方式,心中答应下次有旅行团时留一个名额给她。

钟楚红最有心了,酒会时她来了一次,过几天她又来了,说当时人多,没有好好看。当今各类展览她看得多,眼界甚高,人又不断地修养,求进步,她一直那么美丽,是有原因的。

想不到良宽的那一幅字也一早被人买去,来看的人听了我的说明,感谢我介绍这位日本和尚画家,其实他的字句真的有味道,下次可以多写。

张继的那首脍炙人口的诗,并不如他的另一个版本好,所以我写了"白发重来一梦中,青山不改旧时容;乌啼月落寒山寺,欹枕犹闻半夜钟"[①]这个版本,也有人和我一样喜欢,买了

---

① 另有一说称该诗为孙覿的作品。

回去。

来参观的人有些也带了小孩子，我虽然当他们为怪兽，绝对不会自己养，但别人的可以玩玩，也不必照顾，倒是很喜欢的。好友陈依龄家旁边有一家糖果店，可以在糖果上印上图画，问我要不要，我当然要了，结果她送了我一大箱圆板糖，一面印着"真"字，一面印着一只招财猫，一下子被人抢光。

那个"真"字是最多人喜欢的，我也觉得自己写得好，我的"真"字一共有两种，一是行书，一是草书，卖光了又有人订，一共写了很多幅。我开始卖文时，倪匡兄也说过："你靠这个'真'字，可以吃很多年。"（哈哈）

对了，卖字也要有张价钱表，古人书写叫"润例"，郑板桥的那幅写得最好，好像已经没有人可以后继了，结果请倪匡兄为了我写了一幅，放大了摆在场内，可当美文观之。

这次书画展靠多人帮忙，才会成功，再俗套也得感谢各位一下，最有功劳的当然是香港荣宝斋的总经理周柏林先生和他的几位同事，他们说没这么忙过。在今年公司会搬到荷李活道，给个固定地方卖苏美璐的画和我的字。

宣传方面，叶洁馨小姐开的灵活公关公司也大力帮了很多忙，在此致谢。

最感激的是各位来看的朋友，过几年，可以再来一次。

喜欢的字句

为了准备二〇二〇年四月底在新加坡、马来西亚举办的三场行草书法展，我得多储蓄一些文字。发现写是容易，但要写些好字句，又不重复之前的，最难了。

"岂能尽如人意，但求无愧于心"等字句，老得掉牙，又是催命心灵鸡汤，最令人讨厌，写起来破坏雅兴，又怎能有神来之笔？

记起辛弃疾有个句子，是"不恨古人吾不见，恨古人不见吾狂耳"，很有气派，由他写当然是佳句，别人的话，就有点自大了。

还是这句普通的好："管他天下千万事，闲来轻笑两三声。"已记不得是谁说的，但很喜欢，又把"轻笑"改为"怪笑"，写完自己也偷偷地笑。

较多人还是喜欢讲感情的字句,就选了"只缘感君一回顾,使我思君朝与暮"。出自乐府民歌《古相思曲》。原文是:"君似明月我似雾,雾随月隐空留露。君善抚琴我善舞,曲终人离心若堵。只缘感君一回顾,使我思君朝与暮。魂随君去终不悔,绵绵相思为君苦。相思苦,凭谁诉?遥遥不知君何处。扶门切思君之嘱,登高望断天涯路。"太过冗长,又太悲惨,非我所喜。

写心态的,到我目前这个阶段,最爱臧克家的诗:"自沐朝晖意蓊茏,休凭白发便呼翁。狂来欲碎玻璃镜,还我青春火样红。"也再次写了。

也喜欢戴望舒的句子:"你问我的欢乐何在?——窗头明月枕边书。"

"故乡随脚是,足到便为家",黄霑说这是饶宗颐送他的一句话,影响了他的作品《忘尽心中情》。我想起老友,也写了。

中学时,友人送的一句"似此星辰非昨夜,为谁风露立中宵",至今还是喜欢,出自黄景仁的《绮怀诗》。原文太长,节录较佳。

人家对我的印象,总是和吃喝有关,大约因此关于饮食的字特别受欢迎,只有多写几幅。受韦应物影响的句子有:"我有一壶酒,足以慰风尘。尽倾江海里,赠饮天下人。"

吃喝的老祖宗有苏东坡,据说,他曾说:"无竹令人俗,无肉令人瘦，不俗又不瘦，竹笋焖猪肉。"真是乱写，平仄也不去管它，照抄不误。

板桥更有诗："夜半酣酒江月下，美人纤手炙鱼头。"

不知名的说："仙丹妙药不如酒。"

还有一句我也喜欢："俺还能吃。"

另有："红烧猪蹄真好吃。"

更有："吃好喝好做个俗人，人生如此拿酒来！"

还有："清晨焙饼煮茶，傍晚喝酒看花。"

最后有："俗得可爱，吃得痛快。"

说到禅诗，最普通的是："菩提本无树，明镜亦非台。本来无一物，何处惹尘埃。"这首诗被写得太多，变成俗套。和尚写的句子，好的甚多，如："岭上白云舒复卷，天边皓月去还来。低头却入茅檐下，不觉呵呵笑几回。"

牛仙客有："步步穿篱入境幽，松高柏老几人游？花开花落非僧事，自有清风对碧流。"亦喜。

布袋和尚有："手把青秧插满田，低头便见水中天。六根清净方为道，退步原来是向前。"

禅中境界甚高的有："佛向性中作，莫向身外求。"都已与佛无关了。

近来最爱的句子是："若世上无佛，善事父母，便是佛。"

我的文字多为短的，开心说话也只喜一两字，写的也同样。

在吉隆坡时听到前辈们的意见，说开展览会定售价要接地气，大家喜欢了都买得起，结果写了"懒得管""别紧张""来抱抱""不在乎""使劲玩"。四字的有"俗气到底""从不减肥""白日梦梦"等。

自己喜欢的还有"仰天大笑出门去""开怀大笑三万声"等等。

有时只改一二字，迂腐的字句便活了起来。像板桥的"难得糊涂"，改成"时常糊涂"，飘逸得多。"不吃人间烟火"，改成"大吃人间烟火"，也好。

佳句难寻，我在照惯例每年开放微博的那一个月中向网友征求，若有好的，我送字给他们，结果没有得到。刚好我的网店"蔡澜花花世界"有批产品推出，顺便介绍了一下，便被一位网友大骂，说我已为五斗米折腰，其他网友为我打抱不平。我请大家息怒，自己则哈哈大笑，将"不为五斗米折腰"改了一个字，变成"喜为五斗米折腰"，成为今年最喜欢的句子。

禤绍灿书法篆刻展

禤绍灿兄从小喜爱书法与篆刻。

一九七五年我首次于中环闲逛,遇一路人询问"文联庄"于何处,指示之。后来两人重遇,得知此人叫陈岳钦,新加坡人,来港学习书法,而教篆刻的恰好是绍灿兄崇拜的冯康侯老师,绍灿兄苦于没有门路认识。

恳求陈先生介绍,多月后终于有机会拜见,得冯老师允许。我则是在"强登山"阶段,托家父的好友刘作筹先生推荐。绍灿兄的年纪小我甚多,但早我一日拜师,之后我便以师兄称呼。

之前,我们二人先见了面,约好一齐上课。忽然,发布八号风球①,这还不打紧,惊闻冯老师的爱子当天过世,绍灿兄和我

---

① 又称八号烈风或八号波,是中国香港的热带气旋警告信号。

不知如何是好。

两人商量之后，觉得已约好了时间，打电话取消甚不恭敬，不去是不行了，去了至少可以表示我们的哀悼。老师当年家居北角丽池一小公寓，必爬上一条窄小的楼梯才能抵达，两人也就硬着头皮进访。

冯老师身材瘦小，面貌慈祥，微笑着向我们说："当然上课，我把丧子的悲痛，化为教导你们的力量。"

拿起毛笔，冯老师叫我们写几个字。什么？毛笔都忘记了怎么抓，如何写字。老师看到我为难的表情，安慰说："不要紧，不要紧，尽管写就是。"

原来，从学生的字迹，老师即能看出人的个性，字太俗气，就改变教学方式，令来者知难而退。这是以后我们看数名来学的新生看到的，那时才流出冷汗来。

禤绍灿，我叫他灿哥。我那辈子的人，都会称呼比我们年轻之人为兄或哥，像世伯刘作筹先生也一直叫我蔡澜兄一样。

冯康侯老师说我有点小聪明，但禤绍灿勤力，方能成为大器。说得一点也不错，我还为工作奔波，拍成龙的片子，去西班牙一年，去前南斯拉夫一年，失去了很多向冯老师学习的机会。

而灿哥那么多年来任职同一家银行，做的也不是数银纸的枯燥工作，而是编辑银行的内部刊物，与文化有关。那么多年来,灿哥上课从不间断,老师所说的他一一牢记,并做笔记,可以说他是一本活字典。冯老师离我们而去,但对于书法和篆刻的一切,由如何执笔、用纸,到怎么挑选石头、写印稿、什么叫印中有笔墨等,都留存在灿哥脑海中。

记得冯老师的名言:"我临古人帖,尔等亦临古人帖,故我们非师徒,同学也。"

向冯老师学的岂止是书法与篆刻,而是做人的谦逊。灿哥当然得到真髓,又配合他胸怀坦荡的个性,说的句句是真话,与一般书法家有别。

经众人推举,我被叫为才子,但真正的才子须精通二十样功夫。别的不说,列在最前的五项为"琴棋书画拳",我就做不到了。灿哥年轻时学习武术与兵器,中年之后更深造螳螂拳及意拳,令我佩服不已。

灿哥曾说人生快乐,莫过于对书法的热爱。记得我们从冯老师家中放课(下课)后,就到附近的上海馆高谈阔论至深夜,那种快乐,我也感觉到一二。

上课时,冯老师会将我们学的帖在纸上重写一遍,让我们临摹,像《圣教序》,因集字而失去行气,经老师重写,不失原帖神髓,我们更能捉摸到整句的感觉和气势,这是一般人临帖得不到的福气。

临摹之后，我们拿去给老师修改，时常被指正，脸红不已。偶尔得到的赞美，是老师在字旁用毛笔画的一个红鸡蛋，得到了我会欢喜若狂。

承继这种教学方法，如今绍灿兄也收弟子，一一圈出红鸡蛋。他家里留给他的物业，有一间在中环的房子，面积虽小，但如今变卖，也价值不菲，绍灿兄没这么做，把那间房子当成教室，把学问传给年轻人。

偶尔，学生们上课时我也跟着上课，到底要向绍灿兄学的还是很多。当今，我已荣升为师叔，年轻人都口口声声地这么称呼，要我表演两手，我嚷说只会教坏子弟。

绍灿兄上课时，耐心地解释每一个字的出处，由于他学篆刻，得精通各种文字，从这个字的甲骨、钟鼎、封泥、大小篆，如何演变到今天大家熟悉的楷书，令学生得益不浅。

"通过对学问和知识的追寻，得到不能形容的快乐和满足。"绍灿兄说："书法是一条孤独的道路，但书写时好像在撑艇，整身摆动，舒服无比。本人治学，六十年如一日，永远认为艺术是神圣的，永远不以此作为手段。"

学生之中有一个是我介绍过去的，叫李宪光，他也叫我教几句，我说灿哥也说过："对任何学问，先由基本做起，不偷工减料，便有自信，再进一步学习，尽了自己的力量，不取宠，不标新立异,平实朴素,就自然大方,我们脚踏实地,我们便有根,不用去向别人证明我们懂得多少,那个没有后悔的感觉,是一个多么安详的感觉!"

灿哥的展览会叫"'心手相师'禤绍灿书法篆刻展",日期是二〇一八年二月十一日至十五日,地点是香港大会堂低座展览厅。

写经之旅

从赤鱲角飞大阪关西机场只要三小时左右，再直接乘约一个半小时的车就到京都了。

我们这次是来抄经的，一群人浩浩荡荡，迫不及待，但我还是要大家先吃顿好的，睡一晚，翌日去。我一向抄经都在早上，这习惯改不了。

第二天，我们来到岚山，因为路窄，要步行十多分钟才能到目的地"寂庵"。

"为什么抄经一定要跑到日本来？"有一位团友终于忍不住问。

"什么地方都可以，这里吃住都好，借故来的。"我笑着回答。

"京都有那么多大庙，为什么要选这家小庵堂？"

"随意一点嘛。"我说,"寂庵的住持濑户内寂听是我的老友。"

"寂听是她的名字吗?"团友又问,"为什么取个'寂'字?因为寂寞?"

"照她的解释,'寂'字可作静。我们就静静地听她讲经吧。"

再也没其他问题后,我们继续往前走。

从前这里只是一块农地,濑户内这位大尼只手空拳把地买了下来,按照自己的意思,一草一木地建起这个幽静的庵堂来。

门很小,挂着一块用毛笔字写的"寂庵"两个字,已被风雨冲淡了墨汁,另有个大竹筒,筒上开了个口,写着"投句箱"三个字,用来让施主们留言,也代替了普通的邮箱。

走进院子,里面种满了树,可怜的小白花开放,一点一点的。

花下有很多地藏石像,日本人供奉的都不是留胡子的土地公,而是每一个都像儿童。有些包了一块红巾,像家庭主妇下厨时的围裙,不知有何典故,下次遇到友人再问个清楚。

另有一块巨石,刻着用抽象字体写的"寂"字,那么多个寂字,整个环境的气氛形成了一种非常幽静的感觉,令人感到安详。

再走，前面就是庵堂，而住持的住宅建在另一边。

"真是不巧。"濑户内寂听的秘书长尾玲子一见到我就说，"老师昨天晚上跌了一跤，肋骨断了。"

团友们听了失望，我说："古人访友，有时过门不入。"

"您讲话还是那么有意思，"玲子说，"老师一直多么希望能见到您，从上次在《料理铁人》节目中遇到您之后，我们时常听她提起您。"

"那时候你也在吗？"我已经不记得了。

她微笑点头："请进，请进。"

庵堂之中，前面摆着佛像，堂内已有数十张小桌，透过白纸可以看到下面铺满《心经》，我们逐字临摹即可。

砚箱中还有一块砚、一条墨、一个盛水的小碟、一柄舀水的小匙——日本人叫"水差"，另有两管毛笔、一块笔置，以及两个文镇。

"写好了，请将砚和笔在后院洗干净，放回箱中。"玲子叮咛。

香炉中的烟飘过来，我们可以开始了。

团友们看着毛笔，又望见没有桌椅的榻榻米，一阵疑虑，心里一定在说："几十年没碰过毛笔，怎么写？又要坐着写，膝腿受得了吗？"

我说:"脚酸了,起来走走,中间可停下,也不会像学校里被先生骂的。"

众人笑了,放松了一点,我又接着说:"毛笔,只是一种工具,我们一抓,等于是手指的延长,不必怕。这是我的书法老师冯康侯先生教我的。"

大家更安心了一点。

"能写多少字是多少字,写多少行是多少行,经文的内容不必明白,如果不懂又想知道,等写完我再解释。"

先滴水,再磨墨,我们举起笔来,一字字抄。

寂听人不在,但她的文章曾经写过:"无心抄,也能把心安稳,任何苦难,任何悲哀,一概忘怀,这就是写经的无量功德了。"

大家一起抄经,一字字用毛笔描,其中也有些写惯经的,因盘膝而不舒服,不过大家动也不动,把一页经书抄完。

"有点不可思议。"团友说,"我以为一定会忍不住要站起来的。"

我走到各人面前看,有些笔画幼稚,有些纯熟,俨如书法家,其中一位刘先生写得最好。我说:"有什么要问的吗?"

大家都摇摇头:"今后慢慢体会好了。"

"有什么共同的感受?"

"舒服。"大家回答。

本来庵里也设了一个小卖部，今天不开了，看宣传单张（宣传单），有好几种。

"和颜施"是挂墙日历。什么叫和颜施？寂听说："是一直微笑的脸孔。布施并不一定用金钱，在人类的表情之中，微笑最美了，遇到人便微笑就是另外一种布施。"

挂历印着寂听的名言，也有每日一句的案头日历出售，印着旧历、二十四节气和一年中的自然现象，像"今日牡丹花开"等。

最值得购买的是寂听的"微笑日记"，和别的不同，没有年份。

不但没年份，月、日也都是空着的，另有空格让人填上：一、起床和就寝的时刻，让人知道睡眠时间充不充足；二、今日早、中、晚饭，让记录吃的东西平不平均；三、早、中、晚的服药；四、今日走的步数。

最重要的是有一个叫"微笑的种子"栏目，寂听问："你开心吗？你快乐吗？你感恩吗？觉察到其中之一，就要记下来，这是你微笑的种子。"

她并不赞成每天都要记日记，她说："想记就记，不必勉强自己。另外，一有让你快乐的，就要填入"微笑的种子"栏内，遇不愉快的日子，便翻阅。你能记得过往有那么多开心事，心情自然安详了下来。微笑的种子，开花了。"

"我看不懂日文，请你把寂听的名言翻来听听。"有位团友要求。

试译如次：

爱有两种姿态：渴爱和慈悲。想独占对方，又嫉妒，又执着的是渴爱。慈悲是没有要求回报的爱，没有条件的爱。释迦叫人别爱，是要人戒渴爱。

旅行和爱，有相似的地方。喜欢旅行的人，都是诗人。

旅行和死，又有相通之处，出门后不回来，是诗人才能了解的情怀。

孤独又寂寞时，旅行去吧！旅行能把寂寞的心灵和疲倦的身躯轻轻抱起。

在不同环境下，不同心情之中，我们有交友的缘分，这是天赐给我们的。旅行去吧！

今天是一个好日子，明天也是一个好日子。一起身就那么想好了。

一旦有什么不愉快的事发生了，就说：咦，弄错了吧？

这么想就对了。开朗的人，不幸的事是不会发生在你身边的。

穿华丽的衣服能够让你心情开朗，穿灰暗的衣服心情就沉了下来。

所以我越来越爱漂亮的颜色，偶尔也施点脂粉，这并不犯戒。

近来的年轻人知道过圣诞节送礼物，过情人节又送礼物；他们不知道有布施这回事。

布施，是送给佛的礼物。

我年纪越大，越感觉到自己身上的血就是父亲的血留下来的。我倒酒给别人喝的时候，瓶口和杯子的角度、距离和手势，和父亲的像得不得了，令我想到在父亲生前为什么不对他好一点。

任何悲哀和苦难，岁月必能疗伤，所以有"日子是草药"这句古话，只有时间是绝对的妙药。

抄经和读经，不是一张进入幸福的门票。不期待回报的写经，才是一种真正的信仰。

写招牌

我写书法，是受父亲的影响。小时候看他磨墨挥笔，佩服得不得了。家父的字，虽未达大师级，但也自成一格。

我字迹奇丑，至中年才下定决心，向冯康侯老师学写字和刻图章，但生性懒惰，没下过苦功，我写出来的只能算见得人而已。

记得有人向父亲求字，问笔润若干。老人家不收，对方坚持，他只好说送几个鸡蛋就行。与他不同，我利欲熏心，国内菜馆要我写招牌，我狮子大开口，盛惠一字一万"大洋"。说也奇怪，竟然有些生意，我自己都不能相信。

清晨不写稿时，便练字，写些东坡禅诗，或喜欢的唐人绝句。到了过年，也写些挥春，裱好了在小店"一乐也"卖，然后将利润捐给慈善机构。

至于好友或街边小贩求字，那就分文不取。见菜市内有些摊子没招牌，也自动为他们写一个，好在对方不嫌弃，挂了出来。

凡遇烦恼，就写《心经》。事前必恭恭敬敬，坐了下来，一字一字抄之，写后有如云开见月，百花盛放，身心舒畅。

衙前塱道上有一肉贩，比较之下，发现此档之肉最为新鲜，经常光顾。日前又去买猪肉，遇档主吴先生，他说："你从前写的《心经》，我还挂在墙上。"

想起来了，当年我开始卖"暴暴茶"，没什么东西可以送给顾客，就写了一篇《心经》，制版后用仿古宣纸印刷，分赠于人。记得写漏了一字，还认为有缺点更好，没去修正，那已经是二十多年前的事了。

见此卖肉者，每天接触鲜血，但诵经之余已是职业一份，手沾不到了。甚有意思，可当成佛经故事。

返家后又焚香沐浴，为吴先生手抄一篇《心经》，拿到画店裱好，双手奉上。

对于书法，我也有些迷信：做过的电视节目，凡标题由查先生为我写的，必有高收视率。多年来计有《叹世界》《逛菜栏》《叹名菜》等。七月初要做一个新的节目，又得去烦劳他老人家了。

碑林论艺

第三天是"碑林论艺"。我到西安最想看的就是碑林了,趁金庸先生和各位学者还没有抵达之前,我早两个钟头来到这里仔细观赏。

冯康侯老师教我的第一课,就是从临摹王羲之的《圣教序》开始的。这块原碑中熟悉的字体,一个个呈现在我眼前,是多么亲切!看着字,想起仙游的冯老师,不禁流下泪。

"书法先讲实用。"老师说,"《圣教序》上的行书变化多端,你临多几遍,自然能够脱胎换骨。"

从小养成的丑恶字形,那种武侠小说中才出现的脱胎换骨,说什么我也不肯相信,但长期的临摹下,才知道老师没教错,要是我现在的字还见得人,全靠此碑之赐。

在内地还没开放时,我一直想亲自看看,苦无机会。听到张艾嘉的叔叔张北海能去西安，请他用双手摸摸，拍一张相，再给我摸摸也好。当今藏在玻璃橱中，接触不到，但总算了了多年来的心愿。

碑林后头有两个年轻人在墨拓黄山谷的字，手法纯熟，不到十分钟便拓下一幅。卖的价钱不算低，但用墨奇劣，有阵臭味，好好的碑帖顿时打了一个折扣。

"你们那么拼命拓，碑文迟早被你们拓平。"我说。

那两个小伙子回答："宋朝人写的字，清朝人刻的碑，历史不长久，坏了也不要紧。"

是的，在西安，几百年的事并不算久。

论坛开始，几十位来自各地的学者和作家，包括贾平凹，讨论金庸先生的作品，查先生本人说："赞美的话可以免了，请大家尽管批评。"

可惜还是赞美居多，有些人还准备了草稿，照着念。前几年在台北举行的那场论坛，各人先把发言写成文字，让大家阅读，谈论中就能节省不少时间。

挥春

小店"一乐也"的同事说:"挥春一下子卖光了,得继续写。"

价钱定得很低,名副其实的薄利多销。写就写,磨好墨,准备好纸。

第一次用毛笔写春联,发现红纸不上墨,怎么写也写不成字,即刻跑去请教冯康侯老师,老师总有答案:"有两种办法,一是用厕纸把红纸表面上的那层油擦去。第二个办法是在墨汁中滴一两滴洗洁精。"

我还是很爱惜用惯了的这管毛笔,就采取了第一种方法。除了一般的红纸,今年我还买了烫金的红纸,字迹看起来更清楚。

同事说:"先写客人指定的吧!"

这可好,挥春不但卖得便宜,还可以下订单呢。我说:"他们要写些什么？"

"'雄霸四方'，一共十张。另外有'以和为贵'，一共二十张。"

"喂，"我问，"对方是不是黑社会的？"

"'食极唔肥'最多人买了，写多些。还有'铺铺双辣'。"

"好，照写不虞，客人的要求是命令。还有呢？"

"生意兴隆。"

"这是开餐厅的人要的吧？"

同事点头："跟着是'足数交租'。"

一听到，有点悲哀，当今的食肆，赚的全部交给业主，真是生意难做。

"还有呢？"

"'业精于勤'，家长要的。"

"我最不喜欢这一类励志句子，这是理所当然的事，其实业精于嬉不也行吗？"

"家长还要你写'生生性性'[①]。"

我笑着说："这是广东人才听得懂的，洋人写中文的话，还以为是born to have sex（*生性风流*）呢。"

---

① 粤语中指要懂事，要听话，一般是长辈对晚辈说的。

救命记

在嘉禾电影工作时，同事兼老友的区丁平是美术指导出身，后来晋升为导演，对建筑甚有研究。他时常告诉我："千万别买顶楼的房子，我们都向往有个天台，但一住下就发现房子不断漏水，手尾很长①。"

我没听他的劝告，购入了公寓的最高一层，果然身受其害。最初搬进去已经把整个天台翻开，拆除所有瓷砖，做好一切防水工程，俨如新建。但一到夏天下大雨，水即透了进来。

请装修人员来看，说得重新来过。花了几十万修好。第二年，又漏水。

这回请一位专家，再花一笔巨款，在天台上用玻璃塑料建了

---

① 在粤语中，"手尾"意为善后工作。"手尾很长"就是善后工作很多，要做很久。

一个大盆子,像个游水池,一劳永逸。

家中杂物甚多。书籍已尽量丢弃,凡是能在书店中买到的都不藏了,剩下的只是随时要用到的参考书。其他在旅行时买下的东西用纸箱封着,写上日期,过了数年也不会想到的,也都送人。

唯一收藏好些字画,尤其是四幅印章的原钤,出自老师冯康侯先生的手笔。老人家一生刻印七十年,至少有上万个印,说自己喜欢的寥寥可数,就亲自钤后裱好,装入酸枝玻璃架内,挂在他的书斋。

晚年老人家只收禤绍灿和我两个学生。我们不贪心,不敢向老人家要任何墨宝。老师于一九八三年逝世,他儿子有一天忽然来电问我要不要那四幅印谱,可以出让,我喜出望外买下,一直挂在墙上。见到它们,在灯下上课的情景就浮现。

前一阵子有个老师的纪念展览,我把这四幅印谱大方地借出,因为这代表他一生的作品,展览上少了会失色。印谱还回来后,我一下大意,让人放进了贮藏室,今天打开一看,整个房间都浸满了水。

大惊,第一个想到的就是那四幅印谱。打开封套,被水浸湿已久,有一半已发了霉,充满黑点!如果是人的话,等于躺在血中。

哇!我大叫,心痛如绞,即刻想到把那装修佬抓来斩几刀。

二话不说，我把它们抱起，冲到楼下，叫司机飞车过海，送到医院。

所谓医院，就是上环永吉街的"文联庄"了，只有找到那家人的裱画师傅，才知道这四幅印谱的命运。

皇后大道中上不能停车，我命令司机，罚款也不要紧，把车子半路摆下，司机扛头我抬尾，十万火急将四幅印谱送进二楼的店里。

"有救吗？有救吗？"我一看到文联庄的李先生就大声问。

李先生观察一轮，有如院长，然后慢慢点头。

"能有多少成像新的？"我又叫。

"八成。"

"不！"我悲鸣，说"你一定要再想办法！"

"尽人事吧，"李先生答应，"希望做到九成。"

我整个人到现在才放松下来，腿一软，差点摔倒。护士们，不，是店员们拿了椅子让我坐下。

李先生开始欣赏老师的作品，这四幅原钤用的宣纸上面有红色的格子，以原子笔打出，他记得还是老师托他间格出来的。上面的印章，他也能一个个如数家珍地说出它们的出处，是为什么人刻的。我决意在救起印谱后，用毛笔记录下来，裱好镶架，放在四幅的旁边。

心情还是不能平复。这时店员拿出画册，要我写几个字送给他们。

"写些什么？"我脑子一片空白。

"豪放一点的。"他们说。

忽然想到，现在有一杯在手，该是多好！酒瘾大作，提起笔来，书了"醉他三十六万场"。

"一年三百六十五天，十年三千六，百年三万六。醉个千年，好，好！"李先生说。

其他店员也纷纷拿了画册要我题字，反正手已沾墨，就写个兴起，先来个"逍遥"二字。

另一页，题了"自在"。

店中来了两位客人，男的洋人来自多伦多，热爱中国文化，喜书法；女的是中国人，也有同好，时常光顾文联庄，今天刚好碰上，也在店中买了写对联的宣纸，要我替他们题字。也好，来个大赠送。

记得家父在世时，访问过冯老师，老师当时高兴，知道母亲爱喝白兰地，写了一个对子赠送我的双亲，对曰：

万事不如杯在手；

百年长与酒为徒。

我学老师，替这对客人写上了，其他人看见我题对联，也都要求。想起家里还有一对弘一法师的，对曰：

自性真清净，

诸法无去来。

临摹了法师的和尚字体乐书之。

那位外国朋友不满足，要我题诗，我将老家壁上题着的绝句写上："锦衣玉带雪中眠，醉后诗魂欲上天；十二万年无此乐，大呼前辈李青莲。"

"李青莲是谁？"他问。

"李白的号。"我回答。

"到底什么叫书法？"他问，"要怎么做才把字写好？"

我说："字写得好不好没关系，你没看到我气冲冲地跑进来，现在心平气和吗？这就是书法了。"

音乐与电影

人间至趣

如何欣赏经典音乐？

"你喜欢听什么音乐？"我问小朋友。

她回答："我很羞耻，只听流行曲。"

"没有什么好羞耻的，流行曲有很多人听，不一定都是坏的。猫王（埃尔维斯·普雷斯利，Elvis Presley）、披头士（The Beatles）的音乐也是从流行曲开始，后来才变成经典的。"

"你那么说，听什么都行？"

"也不是。流行曲也分好的和坏的。坏的捧出偶像，旋律不好听、歌词粗俗，那会把人听成傻瓜，我们要尽量少去接触。"

"那么一定要听很闷的古典音乐吗？"

"古典音乐不一定闷，但旋律一定优美，一定耐听，才能经时间考验变成经典，从贝多芬（Ludwig van Beethoven）、巴赫（Johann Sebastian Bach）、莫扎特（Wolfgang Amadeus Mozart）

等大师中，选你喜欢的去接受好了。"

"那么多首，我怎么选择？"

"先买一张陈美（Vanessa-Mae）的CD吧。她拉的小提琴曲，把很多古典名曲奏成节奏极快的的士哥（迪斯科），像搭了一个桥梁，让年轻人从流行音乐过渡到古典音乐，你听了喜欢哪一首，就选哪一首。"

"选了之后呢？"

"记住曲子的名字，再去找大师们演奏的。听完Vanessa-Mae的，再听大师的来比较，你就知道单单听Vanessa-Mae是不能满足的。"

"要不要懂得歌剧呢？"

"总有一天你会学到的，提前接触一下也无妨，听那些最著名的，像《阿依达》《蝴蝶夫人》《卡门》等，中间一定有一首你一听就着迷，像流行曲一样容易懂的主题音乐，等你兴趣浓厚时，再去研究整个歌剧。"

"可不可以从新的歌剧开始？"

"当然可以。《猫》《歌剧魅影》《阿根廷别为我哭泣》，什么都行。进一步，则可研究经典歌剧。一步步来好了。"

欣赏爵士乐

"爵士乐,怎么学起?"弟子问。

"可以从听'When the Saints Go Marching in'(《众徒进行曲》)和'Take Five'(《休息五分钟》)开始,这两首曲子一听就上瘾,是很轻快的,如果你的个性属于好静的话,那么听'Harlem's Nocturne'(《哈雷姆夜曲》)好了,也很能令人着迷。"

"有什么爵士音乐家,一定要听的呢?"

"路易斯·阿姆斯特朗(Louis Armstrong)。这位喇叭手又奏又唱。基本上,他的音乐是令人兴奋的。那沙哑的歌声,一听就能认出是他,别人绝对模仿不到。"

"我喜欢慢一点的。"

"阿姆斯特朗也有慢歌,他那首'What a Wonderful World'(《多么美妙的世界》)就是代表作,给《早安越南》(*Good Morning, Vietnam*)那部电影当了主题曲之后,已象征越南战争那个年代，原意还是歌颂人生的美好。"

"什么叫Blues[①]？"

"也可以翻译成怨曲。乐器演奏起来比二胡更加悲伤，但主要还是听人唱，功力最深的叫比莉·霍利德（Billie Holiday），她的歌都成了经典。"

"单单是乐器的爵士呢？"

"迈尔斯·戴维斯（Miles Davis）和杰瑞·穆勒根（Gerry Mulligan）是代表者，一听就知道什么叫作cool（酷）。他们的音乐，连最讨厌美国文化的欧洲知识分子也要折服，毫不羞耻地成为爵士乐乐迷。"

"奇连伊士活拍过一部关于查理·帕克（Charlie Parker）的戏，他的爵士乐好吗？"

"较为难接受，要花一段时间才懂得欣赏，还是先听听艾灵顿公爵（Duke Ellington）的乐队演奏吧。"

"有什么还要注意的呢？"

"爵士乐的真髓在于即兴（improvisation），可以从一首正正经经奏的曲子，随时跳到不相关的另一首曲子上，然后又跳回来。这是思维被打断而引起的变化，最有趣了。"

---

① 亦译为"蓝调""怨歌"。美国南北战争前后产生的一种黑人民间音乐。

什么是即兴音乐？

"请您讲多一点关于即兴的事。"弟子说。

"即兴不只发生在爵士乐里，文学也行。想到什么，写什么，也有人叫这种叙事为意识流。如果即兴发生在人生不同的阶段，更是好玩。"

"什么叫人生中的即兴？"

"想到做什么，就去做什么——当然不能违法。不经过思维的不叫即兴，而叫impulsion（*冲动*），是种本能的冲动，很危险。早在波希米亚，那里的人思想自由奔放，常做些即兴的事。这么一来，就在死板的生活中起了变化。后来，疲惫的一代（Beat Generation）也承继了这个传统，大家聚在一起聊天，想去什么人家里就一大堆人去了，聊到天明；想去海边就去海边，大家跳进海中游泳。你说好不好玩？"

"疲惫的一代,后来演变成嬉皮士了。"

"你说得对。但是嬉皮士的后代太注重物质享受,又变回古板的优皮士,思想就没那么自由了。"

"中国人呢?"

"自古以来有寒山、拾得,有竹林七贤,这些人的思想都和欧洲的波希米亚人(Bohemian)一致。"

"您要教我学做一个波希米亚人吗?"

"我不能教你去做任何一种人。我只可以告诉你有这么一种选择。既不知道,连想也不敢去想,是很可怜的。"

"如果我是一个生活在思想不开放的社会里的人呢?"

"没有人可以绑住你的思想。偶尔的放纵是件好事。但是要放纵,先要学会收拾。不会收拾,是没有资格去放纵的。不能收拾的放纵,就是本能的冲动。会收拾的放纵,就是即兴了。爵士音乐中的即兴,最后还是会回到原先的曲子。"

关于纳京高

谈过帕蒂·佩姬（Patti Page）的《田纳西华尔兹》（"The Tennessee waltz"，1950）之后，年轻读者反应激烈，要我多聊聊那个年代的歌手，问我他们到底有什么共同点。

有的，那就是歌词每一个字都咬得清清楚楚，发音非常之准确，绝对不像当今的，似肺结核病患者那么吸气，根本听不出唱些什么，如果各位想学英文，这是一条大路，选几首自己喜欢的，听了又听，一定进步得很快。

最厉害的应该是黑人歌手纳京高（Nathaniel Adams Cole），只要听过与《田纳西华尔兹》同年出唱片的《蒙娜丽莎》（"Mona Lisa"），便深深地被他那迷人的歌声吸引，毕生难忘。

其实，纳京高后来说过他自己并不喜欢这首曲，他十七岁就结婚了，出道早，很坦白地说："我是一个用心感受音乐的人，并不是一个真正的歌手，我唱歌，是因听众买我的唱片罢了。"

接着的《太年轻》（"Too Young"，1952），令全球青年疯狂。《生死恋》（"Love Is a Many-Splendored Thing"，1955）没人不会唱，更成为香港传唱度极高的歌。

一九五五年的那首凄凉的《秋叶》（"Autumn Leaves"，1955），不是纳京高唱红的，是当年钢琴家罗杰·威廉斯（Roger Williams）奏红的，而原曲出自更早的法国小调。

一九五七年，比利·怀尔德（Billy Wilder）邀加里·库珀（Gary Cooper）和奥黛丽·赫本（Audrey Hepburn）拍了《黄昏之恋》（*Love in the Afternoon*，1957）一片，里面的主题曲《迷惑》（"Fascination"）大受欢迎，填上英文歌词，请纳京高唱出，更引人难忘。

歌词是这样的：

It was fascination, I know
我知道，这是迷惑
And it might have ended
它或许已经结束
Right then at the start
就在开始的那一刻

Just a passing glance

就是那么不经意的注视

Just a brief romance

那么短暂的浪漫

And I might have gone

我可能飘过

On my way

在路上

Empty hearted

内心空虚

It was fascination, I know

我知道,这是迷惑

Seeing you alone

看到你孤单地站着

With the moonlight above

沐浴在月光之中

Then I touch your hand

当我抚摸到你的手

And next moment

再下来的一刻

I kiss you

我吻你

Fascination turned to love

迷惑变为爱

纳京高的样子长得相当难看，有个大嘴巴，他曾经自嘲："我不会看我自己出现过的电影或电视，那种感觉是复杂的，怎么说呢？我受不了我自己的样子。"

也许是这种自卑感，每当他出现在公众面前，必打领带，穿整齐的西装，很少以便服示人。

他生长在一个种族主义盛行的年代，表演时也受过歧视黑人的暴民袭击，这令他把歌唱目标转移到拉丁民族的听众，到古巴表演时，他用西班牙语唱歌，在不断地训练当中，精通了这个国家的语言，那首《也许，也许，也许》（"Quizas, Quizas, Quizas"）脍炙人口，当年的青年学着唱，结果大家都懂得几句西班牙语。

他受欢迎的恋曲，还有一首叫《当我恋爱时》（"When I Fall in Love"），歌词如下：

When I fall in love

当我恋爱时

It will be forever

那份爱将会是永远

Or I'll never fall in love

不然我是不会爱的

In a restless world like this is

当今浮躁的社会下

Love is ended before its begun

爱情还没有开始就结束

And too many moonlight kisses

太过多的月夜深吻

Seem to cool in the warmth of the sun

好像在温暖的阳光下已经冷却了

When I give my heart

当我献出了我的心

It will be completely

它将会是整个的

Or I'll never give my heart

不然我不会献出

Oh let me give my heart

我会献出我的心

And the moment I can feel that

这个时刻我能感到

You feel that way too

你的心也是一样的

Is when I fall in love

当我恋爱时

With you

和你

…………

　　事业，当然有低潮时，纳京高说："音乐是有感情的，当你遇到一个歌手感情低落，你并不和他一样低落，乐评家就会说你已经没从前那么好了。"

　　对他们，他没有一句好话，骂道："乐评家是不会买唱片的，都是人家送的。"

　　他一生成就最高时，是他在一九五六年主持电视节目*The Nat King Cole Show*时，这也是电视史上第一个不是白人主持的节目。

当年留下的影像,他的歌很容易就可以在YouTube(一个视频网站)下载,最好的几首是:"Smile""Sweet Lorraine""Tenderly""Ramblin' Rose"。

纳京高很短命,四十五岁就死了,后来也成为歌手的女儿娜塔莉(Natalie Cole)当时还小,没有机会和父亲合唱。当今通过崭新科技,将两人的影像合一,唱出名曲*Unforgettable*,实属佳话。

如何从音乐里学习其他知识?

纳京高可以说是一位空前绝后的歌手,他死后还有哪个人的歌喉像他一样如丝似锦?想来想去,只有约翰尼·马西斯(Johnny Mathis),他那首《某种微笑》("A Certain Smile",1958),听过的人不会忘记。

这首歌是弗朗索瓦丝·萨冈(Françoise Sagan)的第二部小说拍成电影后的主题曲,由约翰尼唱,可惜他其他作品没有什么大不了的,很快地从乐坛中消失了。

"另外,有什么'老歌'可以介绍来学英文呢?"许多读者这么问。所谓老歌,也不只是我们这些老者喜欢,推荐给年轻人,他们一听,也会上瘾,老歌就会变新歌。

别以为猫王只懂得摇滚,他那首《温柔地爱我》("Love Me Tender",1956),是非常悦耳的,而且歌词也相当优美，易学，后来的《今晚你寂寞吗》（"Are You Lonesome Tonight"，1961）亦如此。

同年黑人乐队The Platters（五黑宝乐队）崛起，他们那几首歌都成为经典，例如《伟大的伪装者》（"The Great Pretender"，1955）、《只有你》（"Only You"，1955）、《我的祷告》（"My Prayer"，1956）、《烟入眼睛》（"Smoke Gets in Your Eyes"，1958）等。

盲人歌手雷·查尔斯（Ray Charles）在一九六二年唱了《我不能停止爱你》（"I Can't Stop Loving You"），像撕出心肺般诉尽心中情，值得一听。

一九六四年有一首讲妓院的歌，叫《日出之屋》（"House of the Rising Sun"），歌词甚有意思，由动物乐队（The Animals）演唱。

披头士的歌也不是"吔吔吔"地快唱，他们的抒情歌始终最受欢迎，有《昨日》（"Yesterday"，1965）、《嗨，朱儿》（"Hey Jude"，1968）、《米雪儿》（"Michelle"，1965）、《任由他》（"Let It Be"，1970）和那首永恒的《幻想》（"Imagine"，1971），都是每一个字都能听懂的。

带着诗意的，常由两人乐队唱出，那是西蒙与加芬克尔（Simon & Garfunkel），从他们的《罗宾逊夫人》（"Mrs.

Robinson",1968），到《动乱河流中的桥梁》（"Bridge over Troubled Water",1970），听众当他们是艺术家多过歌星。

另外有位黑人女歌手罗伯塔·弗拉克（Roberta Flack），从唱出《我第一次看到你的容貌》（"The First Time Ever I Saw Your Face",1969），到《用他的歌轻柔地杀死我》（"Killing Me Softly with His Song",1973），歌词亦充满诗意。

中间，也出现了巴瑞·曼尼洛（Barry Manilow），他唱出一首叫《我写这首歌》（"I Write the Songs",1975），甚是好听。接着有"Mandy""Copacabana"和"Can't Smile without You"。

时空向前，老牌歌手平·克劳斯贝（Bing Crosby）唱的《白色圣诞》（"White Christmas",1942），歌词和旋律都是无比优美的，加上应节，单这首歌就能卖十亿张唱片，记录于吉尼斯世界纪录，无人打破。

朱迪·加兰（Judy Garland）的《彩虹之上》（"Over the Rainbow",1939）亦是永恒，是学英语的最佳典范。

再下来的几位歌手的经典流行曲也非听不可，弗兰克·辛纳特拉（Frank Sinatra）的《喷泉中的三个铜板》（"Three Coins in the Fountain"）、《夜晚的陌生人》（"Strangers in the Night"）听出耳油，当然不会忘记他的《我行我素》（"My

Way"）。

迪恩·马丁（Dean Martin）是意大利人，意文英译小调《这是爱》（"That's Amore"）很不错。

同是意大利人的佩里·科莫（Perry Como）唱过《当时光消逝》（"As Time Goes By"）、《抓住一颗星》（"Catch a Falling Star"）、《酒和玫瑰的日子》（"Days of Wine and Roses"）和《带飞我到月球》（"Fly Me to the Moon"），让人一听难忘。

还有安迪·威廉姆斯（Andy Williams）的《爱情故事》（"Love Story"）也不得不提。

不一定是恋曲，歌词也有一些很幽默的，像"What do you get when you fall in love?"（你恋爱时会得到些什么？），答案是"You get enough germs to catch pneumonia."（你会得到足够的细菌去感染肺炎）。

的士哥音乐冒起，歌词逐渐地被遗忘，Bee Gees（比吉斯）的《活着》（"Stayin' Alive"，1977）、ABBA的（"Dancing Queen"，1976），还有更早的《功夫打架》（"Kung Fu Fighting"，1974）等，听众只是记得一两句词罢了。

歌词已经愈来愈不重要了，重金属等乐队让大家遗忘一切，剩下的只是砰砰砰，连旋律也消失，剩下的只是节奏而已。

这也解释了当今韩国的 K-Pop（韩国流行音乐）为什么会流行到世界各角落去，只要有一群性感的美女，咿咿哎哎，跳来跳去，中间听懂得一句"Nobody but you."（除了你，没有别人），已满意。

美女，我们明白，但丑男也行，几招骑马术疯魔全球，歌词有句"salam hei"，大家都知道是韩国话的我爱你。

万人集中在一块，你唱我也唱，你跳我也跳，变成了一个群体，没有了个人，我们不需要旋律，我们抛弃了歌词，我们不需要这些。

俱往矣。

但是有修养、有品位的年轻人还是存在的，当他们听懂了，欣赏了这些"老歌"，就知道什么是"活歌"，而流行一阵就消失的是"死歌"。

分享我提升音乐修养的经验

我们一家人受了父亲的影响,都会写点文章,至于音乐,却没有什么天分了。

但学文科的人,绘画、音乐、诗词、戏剧都要有些基本的认识。我在音乐这方面的修养,是来自初中的同学,那年同班的有一位叫苏晋文的,和我最谈得来,他来自印度尼西亚,他的父亲做加文烟生意,那是一种树脂加矿物质,燃烧了发出香味,阿拉伯人用一个小泥钵盛着加文烟碎片,等烟碎片点着了发烟时,把整个泥钵放进他们的长袍里,熏一会儿,汗味就消除了,新加坡至今还有卖的。

苏晋文的家在后港三条石,一条小路转进去,便能找到他们两层楼的巨宅,他家的花园也很大,门口停了一辆红色的福特车,是一九五九年生产的Custom(一种车型),印象最深的是车头有个火箭头的设计，我对此记忆犹新。

到了周末，苏晋文就叫我们一班同学到他家去玩，他母亲是位贤淑的主妇，会烧很多印度尼西亚菜给我们吃。最记得他们家除了客厅、睡房，令我们羡慕的是有一间巨大的贮藏室，里面什么干货、罐头、汽水都齐全，时常从那里拿出一瓶瓶浓缩的红毛榴梿汁，红毛榴梿的英文名叫soursop，正式名是"刺果番荔枝"。对了开水，加冰，喝起来酸酸甜甜的，印度尼西亚人最喜欢。

苏晋文有个弟弟叫苏耶文，后来也当了我们的同学，他们家兄弟多，几位大哥都还没有娶妻，都喜欢在家里听音乐，他家的唱片之中较多的除了进行曲，还有华尔兹，我听得最多的是意大利歌剧，当然只限于旋律，歌词唱些什么听不懂，我只是喜欢便跟着哼罢了。

马里奥·兰扎（Mario Lanza）的电影一上演，我们就赶着去看，从中我们认识了更多的曲子，听久了，大家也会分辨。他的歌喉永远是带着哭丧调子，不像恩里科·卡鲁索（Enrico Caruso）的变化那么多，后来一接触到贝尼亚米诺·吉里（Beniamino Gigli），才发觉到他的声音是浑为天籁的，完全发于自然的歌声，便更加喜爱了。当然，那时候还轮不到帕瓦罗蒂（Pavarotti）、多明戈（Domingo）和卡雷拉斯（Carreras）。

每个星期一次的聚会，因为对歌剧的狂热，就变成两三次了，大家也省吃俭用，把零用钱花在黑胶唱片上，放学后挤进唱片店，拼命找自己喜欢的歌手，从脍炙人口的歌听到较为冷门的。

一套歌剧从头听到尾是较少的，那要多少张唱片才听得完？在三十三转（唱片机）出现之前。黑胶唱片多数是由His Master's Voice（HMV唱片公司）和Columbia（哥伦比亚唱片公司）生产的，唱片名贴纸多为紫色的，熨上金色的字。

当然，唱片一播出威尔第（Verdi）的《弄臣》（*Rigoletto*）中之《善变的女人》（"La Donna é Mobile"）时，大家都跟着大师们的歌声一齐大鸣大叫。

一听到普契尼（Puccini）的《图兰朵》（*Turandot*）中之《今夜无人入睡》（"Nessun Dorma"），马上像撕裂心胸那样哭丧着跟唱。

没有人不喜欢《蝴蝶夫人》《阿依达》《卡门》，但是很少人知道的一首叫《跳蚤之歌》，由俄国怪杰穆索尔斯基（M. Mussorgsky）创作，歌词是一个国王和一只跳蚤做了朋友，叫裁缝替它穿金戴银，弄得宫廷大乱，这首歌列昂尼德·哈里托诺夫（Leonid Kharitonov）唱得最动听，一面唱一面笑，各位可以在YouTube中找到，很值得欣赏。

不听歌剧时，大家转到进行曲去，我是不太能接受一切与军事有关的东西，从小如此，但是进行曲中也有些很经典的，歌剧中也有，像《阿依达》中的《凯旋进行曲》，《卡门》中的《斗牛士进行曲》都好听得不得了。

不讨巧的有门德尔松（Mendelssohn）的《婚礼进行曲》，和亨利·普赛尔（Henry Purcell）作的《葬礼进行曲》一样阴阴森森。

说到进行曲，不能不提进行曲之王，那就是约翰·菲利普·苏萨（John Philip Sousa），他一生作了一百多首进行曲，都很精彩。在一八九六年他从欧洲游玩回美国时，在船上看到星星，想起故乡的条纹旗帜，作了《星条旗永不落》（"The Stars and Stripes Forever"），其实这是一首思乡曲，在一九八七年，成为美国国家进行曲。

苏萨的另外一首进行曲《华盛顿邮报》（"Washington Post"）是该报纸为儿童基金筹款请他写的，想不到也成为他的代表作，他还有一曲为美国陆战队作的，叫"Semper Fidelis"，这是拉丁文，意思是永远效忠。

至于海军陆战队的进行曲，则以"Marines' Hymn"最有名。这首雄起起的曲子的作者是一位叫朱莉亚·沃德·豪（Julia Ward Howe）的女子。

愈奏愈悲壮的是《当约翰尼冲着回来》（"When Johnny Comes Marching Home"），这是一首一八六三年的进行曲，在美国南北战争时流传下来，表达的是战士们对家乡的怀念，由帕特里克·吉尔摩（Patrick Gilmore）作曲。

不可不提的当然还有电影《桂河大桥》（*The Bridge on the River Kwai*）的音乐，由马尔科姆·阿诺德（Malcolm Arnold）作曲。

几乎所有进行曲都与战争有关，如果不是被进行曲的旋律吸引，我是不会喜欢的，只有一首例外，那就是在纽奥连的葬礼上演奏的"When the Saints Go Marching in"，本来应该是悲伤的氛围变为欢乐的氛围，这就是爵士乐的神髓，我认为这首进行曲是最伟大的进行曲。

如何入门爵士乐？

我对音乐的认识，完全是皮毛，一生能够邂逅爵士乐，是一件非常幸福的事。

爵士乐把悲哀化成快乐，爵士乐不遵守规律，爵士乐令人陶醉在一个思想开放的宇宙里面。

我必须事先声明，对于太过深奥的爵士乐，我不理解，也不享受，我只会听一些脍炙人口的，像"Take Five"之类，都是通俗的，不装模作样的。

听古典、歌剧、进行曲之余，我认识了一位叫黄寿森的青年，他从小父母离异，成长在一个孤独的单亲家庭，埋头在书本和音乐之中。自小他已精通多国语言，只是少了中文的修养，对中文的修养这一点他倒是佩服我的。

我们一起逃学、旅行、学习，开始欣赏红酒、抽大雪茄，每天在戏院里度过。我听爵士乐也是从他的指导开始，一下子跳进次中音萨克斯风（Tenor Saxophone）的世界里，陶醉在那声调沉重的音乐之中。

听爵士乐当然要经过查理·帕克（Charlie Parker）、约翰·科尔特兰（John Coltrane）、莱斯特·杨（Lester Young）、史坦·盖兹（Stan Getz）那几位大师，他们像绘画中的素描基础，但听多了，会把自己闷死在胡同里。

从次中音萨克斯风中跳出来，走进了上低音萨克斯风（Baritone Saxophone），就把自己释放了出来，最欣赏的当然是杰瑞·穆勒根了，在二十世纪六十年代他的爵士风靡了整个欧洲，尤其是法国，简直当他是爵士之神。

一听到杰瑞·穆勒根的爵士，我便不能自拔了，他的"My Funny Valentine""Prelude in E Minor""Bernie's Tune""Lullaby of the Leaves"都能令人一听再听，百听不厌。

喜欢杰瑞·穆勒根的话，一定会爱上小喇叭手迈尔斯·戴维斯，两人奏的"My Funny Valentine"风格完全不同，他的经典曲子还有"Now's the Time""Bye Bye Blackbird""So What"和"Summertime"，都令人听出耳油。

爵士中的所谓自由，也就是乐手们的"即兴"。同一个主题，到了一半，思想就可以飞到别处，再回来，或者不回来也可以,这从迈尔斯·戴维斯的"My Funny Valentine"中可以引证出来,他只是头一句,重复一句之后,就依照自己的想法去到另一个世界,另一个宇宙。在那个方圆中,我们又可以听到演奏者对主题的思念,有时是那么一丁点,有时整首贡献出来,总之会回到主题的怀抱,这就是爵士了。

爵士听得最多的地方,是在二十世纪六十年代末的东京,那时候年轻人会跟着电视大唱流行曲,但略有一点思想的都欣赏爵士,故东京出现了不少听爵士的地方,也不一定是酒吧,因为大家没有经济条件喝酒,人们去的是爵士吃茶店,壁中的柜子摆满了爵士黑胶唱片,日本人疯狂起来,会收集一个个宝藏,要听哪一类的爵士都有。

喜欢上了,年轻人会去学习演奏,当然不是个个都能成为大师,半途出家也有机会表演,舞台就是这些爵士吃茶店或酒吧了。当然他们是不计报酬的,不过老板们总识趣地包了个红包偷偷送进他们的大衣,露出信封的一角。

客人可乐了,以一杯酒的价钱就能听到真人表演的爵士,他们闭上眼睛,跟着拍子,用手轻轻地拍着他们的牛仔裤,听到入神,会喊出一声"好!"或"哎!",和听京剧的戏迷一样。

那时候我们去得最多的是一家叫"堤"(La Jetée)的爵士吧。店名来自一部短片,1962年由克里斯·马克(Chris

Marker）导演，整部戏由一张张硬照组成，看上数十次之后，便会发现其中只有一张照片会动一下。

我们在那里不知度过了多少寒冷的晚上，因为店里的暖气不足，墙壁上贴的尽是这部戏的剧照，客人只能喝酒喝到醉了，或者买更便宜的一种叫爱利纳明（Alinamin）的安眠药，吞下几颗，但拼死不睡，这时便会产生轻微的幻觉，发现自己在飘浮，飞上太空。

一首又一首的杰瑞·穆勒根和迈尔斯·戴维斯的爵士乐播完又播，已到深夜一两点，到了打烊时间，客人纷纷披上厚厚的大衣和长长的围巾，踏着雪回去。

但酒意未消，"堤"又位于新宿御苑附近，御苑这个市内的国立公园已经关了门，但我们年轻，什么都做得出，我们翻过了围墙，进入了公园。

白茫茫的一片，大雪纷飞，已经不知东南西北。我们欢呼，让回音带着我们到处走，我的女朋友穿着绿颜色的大衣，她垂顺的长发在狂舞中飞扬起来。

她是个诗人，克里斯·马克因她近乎疯狂的行径深深着迷，邀请她当女主角，拍了一部电影叫《久美子的秘密》（*Le Mystère Koumiko*，1965）。

迈尔斯·戴维斯在舞台上鞠了一个躬，这时轮到唱怨曲的歌者一位位出场，比莉·霍利德、詹尼斯·乔普林（Janis Joplin）、珀尔·贝利（Pearl Bailey）、埃拉·菲茨杰拉德（Ella Fitzgerald），她们离开家乡，她们哭诉情郎的离去，她们空守闺房，最痛苦的是年华的逝去，但是她们看到了曙光，因为她们还有爵士乐陪伴……

如何享受音乐？

我天生对味觉十分敏感，一尝到食物，即能分辨出有无防腐剂来。上天是公平的，令人得到一些，失去一些，所以在听觉上我是差过很多人的。像一些朋友买了精密的音响设备，能听出交响乐中的每一个音符，这种享受倒是我缺少的。

看书是从小培育的习惯，吃东西自然产生对味觉的分辨。至于听觉，我没有受过什么训练，也不追求，对音乐的认识，最记得的是那个丽的呼声（即Rediffusion，又译为瑞迪福森）的木盒子，每早一开始就传出《溜冰圆舞曲》，原名"Les Patineurs"，英译名"The Skater's Waltz"，就算自己不愿意记，也会入脑，至今随口便能哼出来。

音乐在一个少年的成长中扮演了很重要的角色，我因为爱电影，每看一部，它们的主题曲或背景音乐便能牢牢地记于心头，有些也不是当年的,像一部叫《翠堤春晓》(*The Great Waltz*)的,是我出生之前的一九三八年拍摄的,后来重映,才记得让人陶醉不已的《维也纳森林的故事》("Tales of the Vienna Woods")和《蓝色的多瑙河》("The Blue Danube"),以及为此片创作的《当我们年轻时》("One Day When We Were Young")。

除了电影,走在街头就能听到的流行曲"Seven Lonely Days"(Georgia Gibbs,**乔治亚·吉布斯演唱**)也深深地烙印在我脑海中。美国流行曲最能代表一个年代,听一个人哼出些什么歌曲,就知道这个人有多少岁了,所以看传记会发现,流行曲扮演了一个很重要的角色,绝对不能忽视。

在疫情期间,网友要我介绍我喜欢的音乐和歌曲,我就凭着记忆数,一数就有一百首以上的歌曲来。有些是马上记起的,有些拜赐于当今的搜索机器Spotify,它有一个功能叫Daily Mix,就是将你选出的歌曲做一番统计,帮你组织一些年代与背景相关的曲子来,我可以从中挖掘出一些已经被埋葬了的记忆,说出当年喜欢唱的歌,以及让这些曲子流行的歌手。

我脑中最先出现了鲍比·维(Bobby Vee),他唱了"More Than I Can Say"(《爱你在心口难开》),接着当然有脍炙人口的帕特·布恩(Pat Boone),那年代的人谁会忘记"Love

Letters in the Sand"（《沙滩上的情书》）呢？还有克里夫·理查德（Cliff Richard）的"Summer Holiday"（《热情暑假》）和"The Young Ones"，当然也忘不了鲍比·温顿（Bobby Vinton）唱的"Sealed with a Kiss"（《以吻封缄》），因为那是当年我第一次来香港听到的流行曲。

"你谈的都是老饼的歌，我们从来没有听过。"小朋友们抗议。

我会回答："现在是我在写文章，你不喜欢别看，当你自己能够写时，再去谈比莉·艾利什（Billie Eilish）、赛琳娜·戈麦斯（Selena Gomez）、爱莉安娜·格兰德（Ariana Grande）及萨达·巴比（Sada Baby）吧。"

但是有些网友，回头听我介绍的那些老得掉牙的歌也开始欣赏起来，令大家感兴趣的是，能听清楚歌手唱的是什么。

这些老饼，都必须经过严格的丹田训练，珠圆玉润地唱出每一个字来，不像当今的只要能"喊"就是。听歌嘛，最低要求应该是听得懂嘛。

从听歌学习英文，是件快乐的事，我的英语基础也是听流行曲得来，而唱得最清楚的莫过纳京高了，一旦喜欢上他的歌，又得一个欢乐的天地。

与他同时期的还有一个叫约翰尼·马西斯的，不但歌词让人听得懂,而且能让人听出丝绸一般的味道来,其他的像马特·门罗(Matt Monro)、安迪·威廉姆斯、托尼·班奈特(Tony Bennett)等,都沾上一点。

你可以说这些人唱的都是抒情的慢歌,所以易听懂,但是你去试试比尔·海利与彗星合唱团(Bill Haley & His Comets)、小理查德(Little Richard)、查克·贝里(Chuck Berry)、巴迪·霍利(Buddy Holly)的摇滚乐吧,当然也可以听得出每一句歌词来。

也别看轻猫王,他的情歌唱得是那么清清楚楚,尤其是后期经宗教洗礼后唱得更是动人,民谣更是好听,所以我选了他唱的"Danny Boy"介绍给大家。

除了歌唱,音乐带给我享受的莫过于爵士了,我对爵士的接触也是拜赐于电影,看法国片《通往绞刑架的电梯》(*Ascenseur pour l'échafaud*,1958),配乐用了迈尔斯·戴维斯的爵士乐,他的演奏,被公认为天下最寂寞的乐器声,一听即知悲伤是怎么一回事,人也会马上哭泣。

打开了爵士的天地之后,接着来的是"Take Five"、"Harlem's Nocturne"和路易斯·阿姆斯特朗的"When the Saints Go Marching in",再下来欣赏的是怨曲了。

这可得女人来唱,不管她们的样子美丑,身材多肥,依然能唱出李清照式的各种哀怨来。代表的有埃拉·菲茨杰拉德，她的每一首歌都好听。谁能忘记朱莉·伦敦（Julie London）呢？她的"Cry Me a River"一直围绕着听者不放，还有数不清的萨拉·沃恩（Sarah Vaughan）、伊娃·卡斯迪（Eva Cassidy）、比莉·霍利德、罗拉·费琪（Laura Fygi）、诺拉·琼斯（Norah Jones）、戴安娜·克瑞儿（Diana Krall）……

顺带一提，在Spotify上除了能按歌名、歌手名搜索，往上一扫，还会有歌词出现，听现代歌手咿咿呀呀的词也能懂得了。

一些值得欣赏的电影主题曲

我在社交平台微博上,被一千多万位网友关注,他们都常和我交谈,但并非每一位都可以直接来问我问题,要经过包围着我的一群"护法",把问题精选过后才传给我。

这么做可以预防所谓"脑残"的干扰,清静得多。我也照顾到一些不满的情绪,每年在农历新年前开放一个月,大家都可以直接与我对话。

疫情期间在家时间多了,我的微博就一直开放,至今也有四个多月了吧,任何琐碎事都聊。网友们说我谈得最少的是音乐,我对这听觉上的享受没有视觉上的那么强烈,音乐固然喜欢,但电影才是我最喜爱的,不过在这段时期可以和大家分享音乐,每天选一首我喜欢的歌,而我爱听的莫过于电影和音乐结合的主题曲了。

首选的是《卡萨布兰卡》的《当时光消逝》,在电影里面由黑人歌手杜利·威尔逊（Dooley Wilson）演歌，看过这部雅俗共赏的电影，有谁能忘记这首歌呢？后来更有无数的歌手唱过，包括弗兰克·辛纳特拉、洛·史都华（Rod Stewart）等。

忘不了的是《金玉盟》（*An Affair to Remember*，1957）的主题曲，大家可以听到许多歌手和乐队不同的演出，当然要听原电影中的，也可以找到，当今拜赐了一个叫Spotify的搜索器，一查就出现各种版本。很多人都唱过，当然唱得最好的是纳京高。

《绿野仙踪》（*The Wizard of Oz*，1939）的主题曲由朱迪·加兰唱出，已经代表了她，一谈起她不会不提起这首"Over the Rainbow"，她实在唱得太好太有个性，后来的歌手都不敢模仿了。

有时候某些歌不是为了一部电影而作，但是和剧情一配合，擦出火花，大家都不会忘记，像《人鬼情未了》（*Ghost*，1990）中的"Unchained Melody"，现在一听到这首歌，我脑海里的画面就是女的在做陶瓷，男的从背后搂住她。大家都不知道第一次把这首歌唱红的三个版本，分别有莱斯·巴克斯特（Les Baxter）、艾尔·西伯勒（Al Hibbler）和罗伊·汉密尔顿（Roy Hamilton），只记得电影中唱的是正义兄弟（The Righteous Brothers）。其实，这首原名为"Unchained Melody"的歌是为1955年同名的电影而作的，那是部描述牢狱生活的电影，和爱情或鬼一点关系也没有。

拜赐于《生死恋》，许多外国观众才知道香港这个地方，电影改编自华裔作家韩素音的自传，描述一个美国记者（由威廉·霍尔登饰演）和一个女医生（由珍妮弗·琼斯扮演）的爱情故事。电影把清水湾和太平山顶的画面拍得非常美丽。这部电影的主题曲吸引了大批游客，尤其是日本人，来到香港，可谓功德无量。

在每年的亚洲影展中，哪一个国家获得最佳电影大奖，大会就奏哪一个国家的国歌。有一年是香港得奖，大会的乐队要奏什么？《义勇军进行曲》吗？香港还没有回归！《天佑女皇》吗？好像不应该让英国人沾光！结果大会的乐队奏起了《生死恋》的主题曲，大家都大声地拍起掌来。

老一辈的观众也许会记得一部电影，叫《画舫璇宫》（*Show Boat*, 1952），在YouTube上也可以看到，里面载歌载舞的歌曲不少，但让人记忆的是一个黑人男低音唱的插曲"Ol' Man River"，实在令人听出耳油。

不管是什么年龄，大家都会唱一首叫"Que Sera, Sera"的歌，是电影《擒凶记》（*The Man Who Knew Too Much*, 1956）的主题曲，这部电影是一部悬疑片，由悬疑大师阿尔弗雷德·希区柯克（Alfred Hitchcock）导演，这首歌又怎么和电影搭上了关系呢？全因女主角多丽丝·黛（Doris Day）是个歌星，希区柯克为了捧她的场，让她唱了这首给孩子们听的歌，结果剧情大家都忘了，但这首歌还一直被唱下去。

不管你喜欢不喜欢猫王的摇滚乐，但他唱的情歌总是动人心弦的，《温柔地爱我》本身和剧情无关，出现在一部西片《铁血柔情》（*Love Me Tender*，1956）中，另一首"Can't Help Falling in Love"（《情不自禁坠入爱河》）则是一部叫《蓝色夏威夷》（*Blue Hawaii*，1961）的电影的主题曲，当年的制片人哈尔·B.瓦利斯（Hal B. Wallis）要一些牢狱式摇滚，猫王说那是没脑筋的人听的歌，坚持了这首，流行至今。

当然我们也忘不了《蒂凡尼的早餐》（*Breakfast at Tiffany's*，1961）中的"Moon River"（《月亮河》）、《毕业生》（*The Graduate*，1967）的插曲"Mrs. Robinson"、《虎豹小霸王》（*Butch Cassidy and the Sundance Kid*，1969）中的"Raindrops Keep Falling on My Head"、《红衣女郎》（*The Woman in Red*，1984）的"I Just Called to Say I Love You"等，还有缠绵不去的《往日情怀》（"The Way We Were"，1973）。

这些片子，也许各位还年轻没有看过。他们问："到底有没有一首主题曲是我们也听过的？"

有，那就是《白色圣诞》（"White Christmas"，1942），它是一部叫《假日旅馆》（*Holiday Inn*）的主题曲。你会听过，你的儿女会听过，你们的儿女的儿女也会听过。

音乐电影《伟大的卡鲁索》

电视的"透纳古典电影台"又回放《伟大的卡鲁索》(*The Great Caruso*, 1951),我一盯上就不可收,非得从头看到尾不可,这部电影带来了不少回忆,那是第几遍看了,自己也记不清楚,反正电影中的那些歌都是百听不厌的。

电影由马里奥·兰扎和安·布莱思(Ann Blyth)主演,兰扎短命,只活到三十八岁;布莱思在1928年出生,一直活到现在,生了五个小孩,安享晚年。

他们两人本来还要拍摄《学生王子》(*The Student Prince*, 1954),但兰扎脾气大,连大公司米高梅也不卖面子,被炒鱿鱼了,这部戏的歌还是由他唱的,但银幕上被一个不会演戏的小白脸演员代替了,但我们看到的还是兰扎的影子。

当今看《伟大的卡鲁索》这部电影,一点也不过时,虽然是叙述著名男高音卡鲁索的一生，剧情经过好莱坞美化，一点也不真实，而且卡鲁索的后代控告过米高梅公司，结果米高梅败诉了。但大家都不关心这些，只记得电影里的音乐。

在电影中，兰扎几乎唱遍所有的名曲。意大利歌剧总有一段最脍炙人口的，的确是欣赏意大利歌剧的入门之选，之后的男高音像普拉西多·多明戈（Plácido Domingo）、何塞·卡雷拉斯（José Carreras），都因看了这部电影而走上这条路。

电影里除了歌剧，还出现了民谣《回到苏兰托》，另一首《圣母颂》由兰扎和一个男童合唱，男童真的唱出了天籁之音，合唱演绎是非常值得观赏的。

其实电影里令人不能忘怀的都与歌剧无关，主题曲《一年中最美好的一夜》（"The Loveliest Night of the Year"）更不是兰扎唱的，而是留给女主角安·布莱思的，当年没有人相信她会唱歌。

当然后来兰扎也录了这首歌，还有其他十三名著名男高音都唱过，包括后来的"三个男高音"。这首曲子原来是由《乘风破浪圆舞曲》（"Sobre Las Olas"）改编过来的，由墨西哥名作曲家胡文蒂诺·罗萨斯（Juventino Rosas）作曲，他的传说后来也拍成了同名的电影。

歌词由保罗·弗朗西斯·韦伯斯特（Paul Francis Webster）专为此片而作，试译如下：

It's the loveliest night of the year

这是一年中最美好的一夜

Stars twinkle above

星星在天空闪亮

And you almost can touch them from here

就像你可以触摸到一样

Words fall into rhyme

对话变成了旋律

Any time you are holding me near

当你抱紧我的时候

When you are in love

当你恋爱了

It's the loveliest night of the year

这是一年中最美好的一夜

Waltzing along in the blue

在蓝色夜空之下跳华尔兹

Like a breeze drifting over the sand

像一阵轻风拂过沙滩

Thrilled by the wonder of you

为你的美妙所震撼

And the wonderful touch of your hand and

和你的手温柔触摸

My heart starts to beat

我的心开始猛跳

Like a child when a birthday is near

像一个小孩面对生日将来到时

So kiss me, my sweet

吻我吧，我的爱

It's the loveliest night of the year

这是一年中最美好的一夜

…………

另一首很受歌唱家喜爱的歌叫《因为》（"Because"），许多婚礼中都会播放，老同学杨毅和他太太结婚时，他的老丈人千方百计地想找这首歌，那是多年前的事，当今有了YouTube，找歌太容易了，一点击就有，连歌词也献上，原曲由法国女作曲家居伊·德尔德洛（Guy d'Hardelot）作曲，填词的是爱德华·特舍马赫（Edward Teschemacher），歌词如下：

Because you come to me

因为你为我而来

With naught save love

不顾一切，除了爱

And hold my hand

握着我的手

And lift mine eyes above

让我看到

A wider world of hope

一个有广阔希望

And joy I see

又充满喜悦的世界

Because you come to me

因为你为我而来

Because you speak to me

因为你教导了我

In accent sweet

轻柔地

I find the roses waking around my feet

我才发现脚底下都是玫瑰

And I am led through tears and joy to thee

你带我看到了你充满眼泪的快乐

Because you speak to me

都是因为你对我说

Because god made thee mine

因为上帝把你带给我

I'll cherish thee

我会珍惜你的一切

Through light and darkness

直至光明和黑暗

Through all time to be

直到永远

And pray his love may

祈祷他给我们的爱

Make our love divine

令我们的爱是神圣的

Because god made thee mine

因为上帝把你带给了我

如果你听过一次，就会记得，就会喜欢，所以这首歌吸引了世界上三十二个著名歌手录这首歌。现在在YouTube上一个一个慢慢听，听出不同味道，真好！

谈谈我的电影经验

问：你干电影，干了多少年？

答：从十八岁做到五十八岁，四十年。

问：很少听你谈到电影的事，为什么？

答：我对电影，已感到十分疲倦，连谈也不想去谈了，这次说完，今后再不提及。

问：你的岗位是监制，有哪一部电影是你最满意的？

答：没有。

问：没有？

答：电影是一种集体的创作，不能把你喜欢的那一部占为己有。

问：你拍的都是商业电影的缘故是什么呢？

答：商业电影才是电影的主流，没有什么好羞耻的，年轻人总有点抱负，说要拍一部万古流芳的，这种思想很正确，但不容易做到，我承认我就做不到。

问：你说你已经对电影感到厌倦，那你还看电影吗？

答：看。不看不舒服，凡是不太垃圾的，我都看。我想我是香港人之中看电影看得最多的人之一。我父亲也是干电影的，我从小住在一家电影院的楼上；一探头出来就看到银幕，有记忆开始我一直看着电影，长大了更加狂热，逃学也去看。有时一天赶五场。有了录像带之后看得愈多。人生之中，平均一天看一部，算五十五年吧，一年三百六十五天，也看了两万多部。

问：你都记得吗？

答：像人生一样，从前的记得清楚，近来的隔天就忘记了。但是杰出的应该都记得。邵逸夫爵士问我关于电影的事，只要他说出某些剧情，我都能记得片名，他称我为电影字典。

问：你替邵逸夫做事做了多少年？

答：二十年。他是一位最好的老师，我很尊重他。而且，如果说天下看电影看得最多的人，应该是邵爵士，他已经一百岁了，还不断地看，一天看的平均数量也比我多，如果我看了两万部，那他至少看了八万部吧。我从来没有遇见一位比他更热爱电影的人。有一天我们一齐看试片，新加坡来电话，报告他儿子被匪徒绑架，他也坚持把那部片子看完再做打算。

问：哈哈，还有什么趣事？

答：还有一次也是一齐看试片，邵氏影城的后山每年到了秋天总有山火发生。那一次山火很大，快烧到宿舍。有人打电话来报告。邵爵士问我要不要回去收拾一下行李，我回答说行李已经随时收拾好了，看完再说。邵爵士笑骂："你在暗示些什么？"

问：后来怎么没在邵氏做下去？

答：邵爵士很有远见，把娱乐事业转向电视，电影减产。我学到的是工厂式的大量生产，只会这一种方法，就向老人家提出离开，邵爵士还送了我一笔巨款，在当年是蛮吓人的数目。

问：那你马上转到了嘉禾？

答：也不是，一方面不想刺激老人家，另一方面认为在温室中长大，应该出去搏杀一番，我到独立制片公司做了一两年，拍了《烈火青春》《等待黎明》等片子之后，才进嘉禾。嘉禾的何冠昌先生从前也是邵氏的老同事，于我亦师亦友。到嘉禾去，是理所当然的，这一重要的决定是他中午去吃饭时顺道送我回家，在短短的十分钟左右谈完一切的。他从不啰啰唆唆开什么会。

问：《烈火青春》是不是叶童、夏文汐、张国荣等演的那一部？

答：你的记性真好。描写年轻人嘛，片中有很大胆的性爱描写。司徒华当年在教育界中，誓死要禁播这部片子，因此我到现在对他的印象还是不好，如果让他当上特首，他一定会净化香港，他是个危险的人物。

问：还是回到最初，你是怎么进入电影界的？

答：念完高中之后，我本来对绘画很有兴趣，想去巴黎学画，但我母亲知道我从小嗜酒，要是去了法国一定会成为酒鬼，她说："法国不行，选一个其他地方吧！"当年是日本电影的黄金时期，什么石原裕次郎、小林旭的片子看起来都很新、很刺激。我就说不如去日本学电影吧，母亲说日本也好，至少吃的同样是白米饭，但是她不知道日本有一种叫sake的清酒。

问：后来就到日本去了？

答：唔（不），先要把日语学好，我将石原裕次郎主演的一部叫《红之翼》的片子一看就看了五十遍。当年没有录像带，我就买了面包在戏院里啃，一天看五六场同样的戏。日本戏院是全日制，只要你不走出来就可以一直看下去。看了五十天之后，日本话脱口而出，发音还来得奇准。

问：有没有正式进过学校？

答：有。叫日本大学。在艺术学部的电影科，校址在池袋附近的江古田，当年是野鸡大学，给学校一笔所谓寄附金就能进去，现在已经成为名校，每年有好几万人争学位，要进这间大学，难如登天。学校教的是学术性的东西，训练学生做艺术家，学生都想成为沟口健二和黑泽明，和现实生活中的电影界完全格格不入，我没有在学校学过什么有用的东西。

问：什么时候开始真正拍电影？

答：在学校时已经半工半读，邵爵士在日本的业务很多，需要一个人做驻日代表，就叫我这个嘴边无毛的小子上了，当年胆粗粗[①]，上就上吧！负责冲洗的工作，当时香港还没有彩色黑房，每部香港电影印得好不好，都要从头到尾看一遍，十个拷贝看十遍，二十个二十遍，香港电影被我摸得滚瓜烂熟，又买日本片的东南亚版权。

问：什么时候开始搞制作工作？

答：搞制作工作需要认识电影的每一个环节，之前我做过道具、木工、副导演、摄影助理，对电影每一个部门都搞清楚了，才不会被专业人才欺负。要不然摄影师说色温不够，不拍了，你还会以为明天要多带一点色温到片场呢。

问：做这些杂碎的事，有什么成就感？

答：成就感来自达到导演的要求，像导演要个骷髅头，道具用发泡胶做的一点也不像，导演发脾气，我们做制作的拼了老命

---

① 粤语，意为胆子大。

也要让明天有东西拍，后来漏夜（深夜）跑到山中在人家的坟地中找骷髅头，还洗刷得发亮，才交给导演，导演当然满足，我们也满足。

问：后来怎么走上了监制这条路？

答：最初是香港电影公司来日本拍外景，我负责搞掂（搞定）日本的部分，像张彻导演拍的《金燕子》和《飞刀手》等。后来熟悉业务了，我向邵爵士说在香港拍一部电影要四五十个工作日，在日本只要二十个就完成，不如在日本拍，他说好呀。之后就开始从香港派来四五个演员，其他都用日本人的，拍了一部叫《裸尸痕》（1969）的电影，是将《郎心如铁》的故事改为鬼片，死去的女友跑回来复仇，又有一点像现代版的《四谷怪谈》。陈厚当男主角，丁红演情人，丁佩演富家女，王侠演侦探。王侠是歌星王杰的父亲，当年王杰才七岁，你说是多久了？

问：电影带给你最大的乐趣是什么？

答：电影是梦工厂，给我的最大的乐趣是实现我的梦，像我来香港，没赶上石塘咀的花样年代，就监制一部叫《群莺乱舞》（1988）的戏，用关之琳、刘嘉玲、利智、王小凤等一群美女，穿上当年的旗袍走来走去。导演区丁平很考究细节，布景搭得逼真，再来一桌当年的菜，我就参与其中，喝当年的花酒，真是十分过瘾。电影对我来说是一个巨大的玩具，但不是人人玩得起的玩具。

问：后来你怎么当上成龙的片子的监制？

答：成龙当年受到黑社会的威胁，何冠昌先生要找人把他带出香港，还有谁对外国的认识比我更深？他们就找我做这件事。他问我要去哪里，我一想就想到巴塞罗那，那里是四位我最喜欢的艺术家的诞生地：画家毕加索、米罗、达利和建筑家高迪。决定后就即刻上路，剧本还没有头绪，也不知要拍些什么，去了再说。结果在西班牙住上一年，工作之余好好研究艺术家的作品，不亦乐乎。这部叫《快餐车》的戏，就是我们在巴塞罗那拍的，前几天还在电视上回放，再看一遍，我也不觉得过时，女主角罗拉·芬妮（Lola Forner，也译为劳拉·福纳）很美，是我选的。我们交情很深，每年都交换圣诞卡，我一直叫她小公主，她一直叫我马里奥大哥。

问：电影带给你很多旅行的机会？

答：从新加坡、马来西亚、泰国、日本、韩国、美国，到欧洲和澳洲，每个地方都能住上几个月，和一般游客感受到的不同。到了当地，工作人员总是让我们看风景最优美的地方，跑遍许多普通人不去的角落，辛苦是辛苦，但和走马观花完全是两样。

问：你把拍摄工作说得那么迷人，应该继续拍下去才对呀，从什么时候开始对电影感到疲倦了？

答：我很早就说过，翻版录像带并不可怕，因为一部电影两小时，一翻也要翻两小时，但是如果有一天，电影像印报纸那么印，就没有救了，现在的翻版VCD、DVD不就是这样？香港电影业辛辛苦苦建立，就被翻版打倒了。先进国家像美国和日本，哪会有这种事？再加上知音何冠昌先生逝世，我就决定不玩下去了。

问：你不后悔一生之中没有拍过一部得奖的艺术片？

答：一点也不后悔。我发现拍那些没有什么人看的艺术片，很对不起出钱的老板，我对艺术的良心不如我对投资者的良心那么重。而且，要建立个人风格需要牺牲很多人，我不忍心，那是我已经做了电影工作四十年以后的事。到现在，我才知道原来我以为最喜爱的事，却是我最不喜欢的。我已经说过，电影是一种团体的创作，功劳属于大家，拍一部电影需要巨大的资金，不像画画只需要一张画布，你失败是你个人的事，不牵涉其他人。

问：所以你开始写作？

答：你说得对。写东西的稿纸谈不上花钱。我用的这张还是天地图书出版社印来送给我的，完全免费。如果说我还不能创造出个人风格，那就应该打屁股了，我一生做错了一件花了四十年才知道是错的事，现在开始做我真正喜欢的。想想，也不迟呀，为旅行而工作的话，我不如自己组织旅行社好了。

什么笔记本适合做电影笔记？

苹果公司的最新产品——平板计算机，终于在二〇一〇年一月二十七日开了发布会，我一早请旧金山的友人卓允中替我订了一台。

第一代的产品总有缺点，要到第二三代才能稳定，但我们这群对iPhone（苹果公司发布的系列手机产品）着迷的人，对苹果的产品有信心，已等不及，非买不可。

很久以前我就说过，将来的电子用具一定会像A4纸般大小，可随身携带。报纸、书籍、电视、DVD等，要看什么看什么，普通计算机已太笨重了。

读者以为我很先进，对新技术无不精通，甚至有些周刊记者也要来访问我这一方面的知识，其实我很传统，还是一个爱用笔和纸张的人。

手头有几本笔记簿，都是Moleskine公司出的，针对各种兴趣而设计，有小说、电影、音乐、食谱和品酒等分类。

像记电影那本，列出以下空栏：片名、上映日期、年份、何种电影（**文艺、动作或爱情**）、导演是谁、主角又是哪个、有没有得奖、有没有令人难忘的对白或画面、在你的意见中应得几颗星、观后感。你一一填上，今后要找电影的数据，即翻阅参考。

讲书籍那本，分以下空栏：书名、何时读过、作者是谁、用哪一国语言、出到第几版、出版商的名字、哪年出版的、有什么读后感。

这只是这家公司的产品的一小部分，其他的是为画家、会计师、音乐家、记者等行业设计的。最有趣是一本充满空白方格的记事簿，给你画电影的画面，让广告或电影、电视导演来画分镜头。

两百年来，画家、作家和思想家都用它来做记录，包括毕加索和海明威。这产品还没有中文译名，偶尔有人称之为"梵谷①的笔记本"，因为梵谷也喜欢这产品。可惜到了1986年，原厂关闭了，最后好在于1997年才被一家有心的米兰公司买去，继续生产。

爱科技产品之余，也能享受用笔写笔记的优雅，这就是生活的品位。

---

① 本段中的"梵谷"指画家梵·高。

谈谈我喜欢的女演员

"在你喜欢的西方电影中,女主角都是美人吗?"小影迷问。

"不,不,平凡的也有,像米歇尔·威廉姆斯(Michelle Williams),她在《断背山》(*Brokeback Mountain*,2005)中的光芒完全被安妮·海瑟薇(Anne Hathaway)抢去,观众从来认不出她是谁,后来她拼命地把戏演好,在《蓝色情人节》(*Blue Valentine*,2010)等片子中,你能看到她的成长,一部比一部进步。"

"但是在《我与梦露的一周》(*My Week with Marilyn*,2011)中,她一点也不像玛丽莲·梦露呀。"

"对,一点也不像,也可以把梦露的神态、小动作和风情万种完全表现出来,这才叫厉害,这才叫美,美到最近的LV

（Louis Vuitton，路易威登）广告也要请她来拍。"

"卖皮包的那个？"

"你认出是她了？"

"真认不出。从前的女演员呢，伊丽莎白·泰勒（Elizabeth Taylor）？"

"那是大明星，我喜欢的都不是那些，反而是什么戏都演的。举个例子，像一位叫埃琳诺·帕克（Eleanor Parker）的。"

"她是不是演过《音乐之声》（*The Sound of Music*，1965）？"

"对，但这部戏不值一提，如果你看经典台，有一部叫 *Scaramouche*（1953），中文译成《美人如玉剑如虹》的，就能看到她。"

"这部片子有什么特别的？"

"它是武侠片的典范，有复仇、有练功、有决斗，几乎所有功夫片的元素都在这部片子中拍过，又把埃琳诺·帕克拍得非常吸引人，将年轻貌美的珍妮特·利（Janet Leigh）也比了下去。"

"漂亮罢了，你还没说出真正喜欢她的原因。"

"在电影工厂制度下，你是一个配角就永远是配角。埃琳诺拼命努力，逐渐冒头，曾三次获得最佳女主角提名，最后在

2013年去世,九十一岁。"

"还是谈我们这一代的吧。"

"那你看Lena Headey吗?"

"内地译成琳娜·海蒂的那个?"

"发音应该为lee-na heedee,叫她为丽娜·希娣吧。你看过她什么戏?"

"当今最红的电视剧《权力的游戏》(*Game of Thrones*)中演女皇的那个。她长得不美嘛。"

"对了,最初看还难以接受,她的门牙有条缝,下牙也不整齐,大概小时给人家笑惯了,养成一个忽然把嘴巴紧紧闭起来的习惯。"

"你怎么会喜欢她?"

"《斯巴达300勇士》(*300*)是一部讲斯巴达民族的戏,男人个个强悍,国王更加英武,演皇后的如果不是一个值得国王爱上的女人,怎能说服观众?"

"你现在一说,我记起了,这部电影还拍了续集,也是由她演出的,对不对?"

"唔,这个演员有种别的女演员没有的气质,她一出现,就让人有坚强、独立和武断之感。同时,她有时神情很忧郁,也有脆弱的一面,这才吸引人。"

"你从什么时候开始注意到她?"

"她十八九岁时,和杰瑞米·艾恩斯(Jeremy Irons)及伊桑·霍克(Ethan Hawke)演了一部叫《水乡迷情》(*Waterland*,1992)的电影,当时已露出光芒。接着在1993年的文艺片《告别有情天》(*The Remains of the Day*)里,挤在大量性格演员之中,角色虽小,但也给人留下印象。"

"她还演过什么片子?"

"在后来的《森林王子》(*The Jungle Book*,1994)中,她已担任女主角,还有一些名不见经传的电影,像《翻脸》(*Face*,1997)、《黛洛维夫人》(*Mrs. Dalloway*,1997)、《奥涅金》(*Onegin*,1999)、《阿伯丁的最后之旅》(*Aberdeen*,2000)。到了2005年,她和马特·达蒙(Matt Damon)、希斯·莱杰(Heath Ledger)合演《格林兄弟》(*The Brothers Grimm*),《旧金山纪事报》(*San Francisco Chronicle*)的影评人米克·拉萨尔(Mick LaSalle)说她豪爽,有吸引力,有一张令人不可抗拒的脸,尤其是她的微笑暗示着智慧、诚信和调皮。"

"你这么一说,我还记得她演出过电视剧版《终结者》(*Terminator*)。"

"对,叫《终结者外传》(*The Sarah Connor Chronicles*),

她演一个坚强的母亲,一共拍了两季,三十一集,还得到电视剧最佳女主角提名两次呢!"

"之前她在电影中演过反派吗?"

"一部重拍机器人警员的3D电影,叫《特警判官》(*Dredd*,2012)里,她演大毒枭,角色名叫Ma-Ma。"

"说回《权力的游戏》,她的皇后角色令人难忘,一出场就有裸体戏。"

"何止,在第八季的结尾中,最多人谈论的是琼恩·雪诺(Jon Snow)的死和女皇被脱光衣服当众游行。"

"那场戏很难拍吧?"

"她在拍《斯巴达300勇士》时说过:'(**拍摄时**)在两百多个工作人员面前裸露,放映时有更多人来看,的确是一件难以接受的事,但剧情需要,而且又拍得有品位,又如何呢?不过,拍《权力的游戏》第五季这场时是用替身,加上当今的特技,是看不出来的。"

"既然已豁出去过,为什么不自己来呢?"

"她当时怀孕,已大了肚子。"

李翰祥导演的伟大之处

当今出了很多邵氏电影的DVD，里面少不了李翰祥导演的片子，许多朋友看了《倾国倾城》，叹为观止。清宫片当年拍不了外景，全部在厂棚中拍得那么精细，是多深的功力！我要聊聊关于李翰祥的二三事。

第一次听到李翰祥这个名字，是看了他首次导演的黑白片《雪里红》，时为一九五四年，戏里的人物个性鲜明，在困苦环境中挣扎，加上强烈的镜头调度和摄影，实在有别于一般婆婆妈妈，又忽然唱起歌来的电影。

后来去了日本，看黑泽明导演的黑白片《低下层》，才知道剧本改编自高尔基的剧本作品《底层》，李翰祥很受这部作品的影响，片中处处可见黑泽明的影子。

李翰祥出生于一九二六年，辽宁锦州人，曾在北京国立艺专绘画系修习西洋画。到了香港后当美工，什么事都做过。他最喜欢的是当演员。表演的天分使到他喜欢在现场教戏，明星们做不出的表情，李翰祥一定演给他们看。这下子可好，拍特写时镜头和演员的距离很近，其他人只有站在他背后看，李翰祥的示范完全看不到了。

仔细观察才能捕捉到李翰祥的表演，像岳华演他拍的《风流韵事》中"赚兰亭"部分中的一段戏，样子是演萧翼的岳华，但一举一动都是李翰祥的。

"赚兰亭"部分也是由唐朝阎立本的一幅古画启发的，搞美术出身的李翰祥，将画中人物的扮相、衣着、发饰、家具等完全一模一样重现。当今的香港导演已少有这种功力了。

为什么那一年代的戏那么好看？每一个画面都有新的造型和意境嘛。这是因为导演们的文学根底都打得好，像陶秦、罗臻、秦剑，以及张彻，都是饱读诗书的人，他们的形象是由文字变出来的。不像新一辈导演不看书，只看西方电影和MTV，拍出来的当然是人家用过的第二代形象，永远有熟口熟面[①]的感觉。

李翰祥是个书迷，尤其爱读《金瓶梅》和《聊斋志异》，前者让他拍出了《金瓶双艳》，后者让他拍出了《倩女幽魂》，没

---

① 粤语词汇，用来形容对某人或某物有熟悉的感觉。

有特技，也能将那怪异的气氛完全带出来——层次之高，和重拍的差个十万八千里。

拍了第一部戏之后，李翰祥平步青云，之后的成绩有《马路小天使》《水仙》《黄花闺女》《窈窕淑女》《移花接木》《春光无限好》《丹凤街》《全家福》《杀人的情书》《给我一个吻》《妙手回春》等。从片名就可看出电影的种类之多，任何题材一到他手上都可变成一出好戏。

直到了一九五八年的《貂蝉》上映，李翰祥才真正成为所谓大导演，票房的成功令电影大亨邵逸夫先生对他极有信心。当年内地首次开放，让黄梅调的片子在内地外公映，李翰祥对这种新发现的戏曲感觉敏锐，即刻向邵先生建议拍电影《江山美人》。这部戏在一九五九年公映，创下空前的卖座纪录，电影中《扮皇帝》那首曲子，至今还有很多人唱。

之后，李翰祥转变戏路，拍了《儿女英雄传》《杨贵妃》《王昭君》《一毛钱》等片子。一九六〇年的《后门》则是专为得奖而拍的，而《武则天》则得到法国康城特别奖。

顺带一提，《杨贵妃》本来想和日本东宝影片公司（东宝映画株式公社）合作，日本版由沟口健二导演，终于没谈成。我去过东宝影片公司的办事处，看到了有关杨贵妃的参考资料，满满的一橱柜。

我从新加坡路经香港，由顾文宗先生带去邵氏片厂走走，职员餐厅里穿着古装的女主角穿梭，身后带了几个穿白衫、黑裤，梳长辫的顺德用人，好不威风。在那里我也见过李翰祥，气焰非凡，有些老导演走过向他打招呼，李翰祥不瞅不睬。

到了一九六三年，这是李翰祥生涯中最高峰的时期，导演了《梁山伯与祝英台》。

拍《梁山伯与祝英台》的动机也是来自内地的一部黄梅调电影，它的制作效果低劣，但演员们的唱功一流。李翰祥重拍这部电影时有大量的资金支持，在邹文怀和何冠昌先生的游说下，大胆地起用当年还籍籍无名，只拍过福建话电影的凌波来演男主角。电影公映后轰动了整个东南亚。台湾首次接触黄梅调，观众更是如痴如醉，有个人看了一百三十几遍。

在第二届的金马奖影展中，《梁山伯与祝英台》一片得奖是当然的事，但是扮演梁山伯的凌波到底是封给她最佳男主角还是女主角呢？男主角也好，女主角也好，要是不得奖的话，即刻便会引起暴动，你如果没有目睹当年观众的狂热，是不会相信的。

谈起《梁山伯与祝英台》，有个小插曲，是最后坟墓爆炸，男女主角化为蝴蝶的戏要靠特技，当年只能在日本拍。我是邵氏驻日本的经理，也兼当翻译，带了李翰祥和摄影师两本正一齐从东京出发，在京都的东宝片厂拍摄此场戏。

片厂中有一个自动贩卖拉面的机器，投个银角，纸碗掉下，里面有干面，继而注汤，即可食用。午饭时，李翰祥对着这个巨大的机器，就是不相信，认为里面一定藏着一个人，跑到机器后面看了又看，最后还是研究不出端倪。

拍了《梁山伯与祝英台》之后，李翰祥简直是呼风唤雨的天之骄子。这时，他不顾与邵氏有合约，独自跑到台湾去闯他的新天地。

邵氏和他打官司，但是英国法律鞭长莫及，动不了身在台湾的他。李翰祥用了大量明星拍《七仙女》，邵氏不甘示弱，也拍同名同戏，把十个摄影棚都搭了同一部戏的布景，由几个导演轮流爬头赶出，一方面又在法庭申请禁制令，令李翰祥受到第一次的挫折。

一部片的失败并不代表一切，李翰祥继续拍他的戏，组成国联公司，五年内出品了二十多部电影，并起用了不少人才，像宋存寿、张曾泽等，从而加速了台湾影业的发展。他自己导演了《状元及第》《冬暖》《富贵花开》等片子。拖垮国联的是《西施》，重用了新人江青扮演，调动台湾士兵拍摄，一意要拍出千军万马的战争场面，但片子上映后，票房一塌糊涂。

拍《西施》时，李翰祥在中国电影史上第一次发行股票，让群众当老板，许多看了《梁山伯与祝英台》的国民党老兵都购买了，结果亏了一生储蓄。但这是愿者上钩，也不完全是李翰祥的错。

电影大亨的理想幻灭后，李翰祥还是留在台湾，拍了《扬子江风云》《鬼狐外传》《八十七神仙壁》等片子，其中甄珍主演的《缇萦》最成功。又在《喜怒哀乐》中，与胡金铨、李行、白景瑞等四个导演，一人执导一段。李翰祥拍的"喜"，成绩最佳。

但这也是李翰祥人生中最低沉和经济最差的时期，他已在台湾站不住脚，之后回到香港来了。

没有什么大制片公司肯支持他，李翰祥最拿手的是无中生有，东凑西凑地用几个小故事拍独立制片的《骗术奇谭》（1971），一卖座，他就追击，拍了《骗术大观》。香港人最喜欢看赌和骗的戏，李翰祥骗了他们的戏票。

拍这两部戏时，制作费减至最低。李翰祥一生培养了不少演员，这时都是大明星，他拍拍膊头（肩膀），大家都乐意帮个忙，象征性地收了一个红包当片酬。

最记得的一场戏，是理发店徒弟学功夫，师傅拿一个西瓜出来让徒弟剃，一到午餐时间就把剃刀往西瓜里一插，吃饭去也；徒弟真正为客人剃头时，到了午餐时间，他也照做了。这与骗术无关,是李翰祥在北京时道听途说得来的灵感,反正他想到什么拍什么,无拘无束,这是一个懂得讲故事的导演才能做到的事。当今导演,讲故事的本领一般并不高。

李翰祥的复活,令邵逸夫先生对他重新感兴趣,邀请他一齐吃饭。两个老敌人见面,一笑泯千仇。话虽然这么说,主动的还是邵先生,他爱才如命,为了拍好片子,过去的一切仇恨都能忘记。李翰祥出卖过他,对抗过他,但他不介意,这是其他人不能做到的。

李翰祥提出拍的是《大军阀》,由谁来演呢?当年许冠文在电视上播放的《双星报喜》极受欢迎,李翰祥要用他,其他人都反对,那个极具现代感的演员岂能扮演一个清末的人物?李翰祥说什么人一到他手上,都有把握拍得像样。

《大军阀》在一九七二年顺利开拍,当时我从海外被调回来当制片经理,有麻烦事我就要上阵。有一次,片厂闹出乱子来。

女配角之一的狄娜拍到一场戏,李翰祥要她露出一个屁股来。狄娜说这事前没有告诉过她,李翰祥说这个形象也是从西洋名画得来的,不穿衣服的女人躺在沙发上,只见裸背,回头微笑。他反驳她说意境很高,人家几百年前已经画了出来,当今是什么年代。

狄娜把自己关在化妆室中,哭着不出来,摄影棚中上百个演职员在等待，问题怎么解决？

我硬着头皮跑去敲门，狄娜红着眼听我要讲些什么。我只有说："你不拍这场戏当然有你的理由，我费多少唇舌也说服不了你，但是职责所在，我非来不可。人家问起，你就说我来过，尽了我的力叫你拍就是。其他的你自己做决定，我走了。"

大概是狄娜看我这个小伙子说得可怜，也就乖乖地走进片厂，把这场戏拍了。《大军阀》出DVD时，请各位记得看。

片子公映，赚个满钵。跟着的一连串李翰祥导演的戏——《牛鬼蛇神》《骗术奇中奇》《北地胭脂》《一乐也》《港澳传奇》，部部都卖钱。

在半岛酒店大堂喝下午茶时，一个身材高挑、皮肤洁白、大眼睛的女子走过，李翰祥眼睛一亮，即刻请她当《声色犬马》的女主角。白小曼美得光芒四射，又肯脱衣服，被誉为最有前途的艳星，不料电影上映前却自杀身亡。

在后来的几部风月片中，李翰祥找不到又漂亮又大胆的新鲜演员，也厌恶整天在片厂搭布景，他和我一齐到韩国去，以那边的宫廷当背景，又挑选了年轻貌美的韩国明星李海淑当女主角。这部戏岳华也有份演出，我们到达当晚一齐去小店吃活生生的八爪鱼，嘴里被它的爪（吸盘）吸住的故事就是在当时发生的。

李翰祥一到首尔，关于拍摄的事都不谈，就先钻到专门卖古董的安国洞区去,这里选那里择,一间走过了又一间。我年轻气盛,骂道:"这么不负责的导演从哪里找的?"

那时我还不知道,李翰祥对古董的着迷是那么厉害的。

李翰祥的家,就在邵氏片厂对面的那排两层楼的房子中,叫"松园",狄龙的家也买在他隔壁。

走进"松园",里面堆满了明式家具和清式的杯杯碟碟,连走路的地方也没有,比摩罗街的古董店还杂。所有古董,并不是每件都是真的。李翰祥和我在曼谷拍外景时,他故态复萌,一下飞机就去找古董。他俨如专家,一看到什么红色陶瓷,即说出它的历史和产地,真假似乎跑不出他双眼。高价买了一两件,便捧到酒店,他愈看愈不对,叫我拿去古董店换回现金,我说哪有这种蠢事?

在他家里众多的字画中,有一幅小小的一尺见方的,是齐白石的画,我认为那是齐老一生的代表作。画中顶上不留白,用毛笔扫了几下,底部完全空着。仔细一看,才知道是一群小鱼争吃水面上的浮萍,题款是齐白石送给徐悲鸿的,如果不是得意之作,他不会送给同行的大师。可惜这幅画已不知去向,要是当时贪心的话,请他转让,也许他会出手。李翰祥知道我学篆刻,送了我一箱古印,尽出自历代名家之手,但后来我拿给冯老师一看，即知是后人所做。

古董堆中藏着一台剪片机，一般由电影公司购入，当年能私人拥有的，李翰祥还是香港导演中的第一个。片子拍得过长，入场次数减少，影响收入。邵先生叫剪接大师姜兴隆缩短，李翰祥反对，但导演始终要折服于片商，修剪的工作就由我到李翰祥家进行。我跟随姜兴隆多年，也学到一点东西，李翰祥听我说得有理，也就下台阶地和我一齐把整场戏拿掉。

工作至夜，李太太张翠英留我吃晚饭，李家的菜在电影圈中一向闻名。许多佳肴我现在想起来，没有吃过更好的。

饭局中张翠英和我说："有一年穷得不知道怎么过，除夕晚上借了一笔，我们在家等着还给债主，李翰祥那个家伙竟然拿去买古董！"

张翠英本身也是位演员，以泼辣见称，没有当过正（主角），但是演技出众，让人印象深刻。和张翠英结婚之前，李翰祥有过一妻，生女儿李燕萍——在片厂负责服装工作，我们在宿舍里常一齐打台湾牌，在她口中也常听到一些李家往事。

住台湾的时候，李翰祥和女主角闹绯闻，张翠英一气之下，在众人集合在家里时忽然赤条条地走出来，这件事有人看过，千真万确，由此可见张翠英个性之刚烈。她一生服侍李翰祥，有谁和丈夫作对，她即刻伸出尖爪来，是位了不起的女人。

在邵氏的那几年中，李翰祥心脏病发作，差点死掉，邵逸夫先生一听，即刻送他到美国西埃山专科医院治疗，一切费用由公司付。手术开刀后的李翰祥，被救回一命，但价值观完全改变，说话不算数，认为每一天都是赚回来的，所有的东西都是别人欠他的。他天天大鱼大肉，继续放纵自己。

李翰祥有恋脚狂，一向为小脚所着迷，小脚在他的片子中三番四次出现，尤其是当女主角做爱时，他更喜欢描写她们的脚吊在蚊帐的金钩上。

有一次我和他到泰国出外景，拍完戏后到一家"无手餐厅"（No Hand Restaurant）去吃残废餐，由女人喂着进食，自己不必动手。一走进去，看到一个大金鱼缸，里面有几十个佳丽，李翰祥看到一个面貌娟好的女子，就指定了她。饭后跟入酒店，忽然女的大叫，原来是李翰祥要把她赶走。我问明原因，李翰祥说："那么一双大脚，脚趾又像葵扇一样打开，恐怖到极点！"

拍《倾国倾城》时，他重用台湾新人萧瑶当女主角，男的是狄龙和姜大卫，分别扮皇帝和小太监，周围的人都在冷笑："两个武打明星，也会演戏吗？"

但是在李翰祥的指导之下，两位演员的成绩斐然，内心表演俱佳，粉碎了一般人的偏见。

《倾国倾城》里演翁同龢的是张瑛，为粤语片红牌，主演的片子无数。粤语片变残，张瑛生活困苦，迫得出来卖保险，再也没机会踏入影坛，但李翰祥一选角就想到他，是张瑛的背景和年龄均适合演这个角色之故。

我在片厂的餐厅遇到张瑛独自一人喝茶，上去和他聊了两句。与这群老牌明星谈天，乐事也。张瑛告诉我："当了那么多年小生，现在才知道什么叫演技，都是李导演让我开的窍。"

《倾国倾城》拍完后再拍续集《瀛台泣血》，还有《捉奸趣事》《洞房艳史》《拈花惹草》《骗财骗色》《风花雪月》《乾隆下江南》《金玉良缘红楼梦》等片子，后来他离开，拍独立制片。

在邵氏时，李翰祥推荐了在台湾认识的资深记者许家孝来当宣传主任。许家孝之后转任《东方日报》的副刊总编，鼓励李翰祥写回忆录，李翰祥在《龙门阵》副刊版的《三十年细说从头》上以专栏形式的短篇写了几年，结集成书，是了解李翰祥一生的好数据。但自传总是夸耀自己，是看不到李翰祥的另一面的。

李翰祥讲故事的技巧高，就不注重电影手法了。为了显示宫廷的宏大，他爱用广角镜头，以为什么东西都拍得下来就好，处处变了形也不管。独立制片时期为了节省时间，也不铺车轨了。凡是要强调的镜头都是变焦来变焦去，这种低劣的过期手法，大陆开放后导演们一看，惊为天人，纷纷模仿，反而贬低了镜头稳重的胡金铨，实在不该。

对李翰祥印象最深的是他的戏瘾，有时还忍不住在别人的片中客串一下，拍了《牛鬼蛇神》《运财童子小祖宗》等片。

在《武松》一片里教台湾明星汪萍演潘金莲，最后被武松一刀刺死，汪萍怎么演也演不出导演想要的效果。李翰祥讲戏："她一生爱武松，一直渴望和他来一下。这一刀，就像那一下！"

说完李翰祥教了一个欲死欲仙的表情，汪萍照做，后来她得到金马奖女主角奖。

李翰祥多年前逝世，我已不记得是何时何日。但我怀念着他，以为他还是活着，没有死去。

如何欣赏电影《现代启示录》？

《现代启示录》（*Apocalypse Now*，1979）的二〇〇一年重生版，《现代启示录重生版》（*Apocalypse Now Redux*）很值得看。

改编自约瑟夫·康拉德（Joseph Conrad）的《黑暗的心》（*Heart of Darkness*）原著，这部电影讲越南战争，起初美军觉得是场野餐，后感荒唐、失落，渐渐进入疯狂。

外景在菲律宾拍摄，数百名美国来的工作人员入侵，在无限额的制作费支持之下，大家的确感到是要进行大型的野餐活动。

甚至派道具工来到邵氏片厂，说要找一管鸦片筒，要我带他们到道具间去搜索。邵爵士一向和好莱坞关系良好，也将就他们的要求。后来看片，哪来的鸦片筒？

不如意的事一件件发生，剧本出了问题，编剧修改又修改，演员开始不听话，再来一阵风暴把所有的外搭景都吹毁了。

再多的制作费也花光了，面对投资者的压力和工作人员一个个离去，导演兼监制的弗朗西斯·科波拉（Francis Coppola）也像男主角一样精神错乱。

科波拉的老婆是一个纪录片导演，她把过程拍了下来，中间有许多导演和男主角马丁·辛（Martin Sheen）的冲突和种种困难，又分析每一个人的精神状态，什么使他们都发了疯呢？纪录片导演不知道，因为她自己也疯了。这部片子制作成laser disc（镭射影碟），可惜找不到DVD了。

片子始终要完成的，卖不卖座是个问题，成不成艺术更是难关。看完了初版，有许多观众看不懂，片子当然没有《教父》（*The Godfather*）那么卖座了。

重看此片，见后来大红大紫的哈里森·福特（Harrison Ford）还在跑龙套。有两大段戏加了进去，《花花公子》杂志的女郎沦为军妓，和法国后裔不肯离开法国的殖民地。

一位法国寡妇寂寞难忍，和漂泊到异地的男主角躺在床上抽鸦片，我才知道当年替他们找的鸦片筒派上了用场。

科波拉没疯掉，但后来再拍不出好戏来。

传奇电影

先讲两个人,一个叫西格蒙德·龙伯格(Sigmund Romberg),一个叫何塞·费勒(José Ferrer)。

两个人怎么搭上关系了?西格蒙德·龙伯格又是谁呢?也许年轻人连何塞·费勒也没听过吧。

先说西格蒙德·龙伯格,他创作了《学生王子》("The Student Prince"),这首歌连同《沙漠之歌》("The Desert Song")和《新月》("The New Moon")在20世纪20年代脍炙人口,红极欧美歌坛。

传记电影《我心深处》(*Deep in My Heart*,1954)是米高梅在20世纪50年代拍的一连串作曲家电影之中最卖座的一部。戏中当然出现了《学生王子》的《我心深处》和《小夜曲》(*Serenade*),有各大歌星、舞者,如赛德·查里斯(Cyd

Charisse）、维克·达莫内（Vic Damone）、佩内洛普·安·米勒（Penelope Ann Miller）、霍华德·基尔（Howard Keel）等客串，还有吉恩·凯利（Gene Kelly）和他的弟弟弗雷德·凯利（Fred Kelly）很难得地一齐跳舞，而饰演西格蒙德·龙伯格本人的就是何塞·费勒了。

你如果不记得何塞·费勒的话，应该也看过他在《阿拉伯的劳伦斯》（*Lawrence of Arabia*，1962），他在片中只出现了几场戏，演一个有断袖癖的土耳其军官，非常之邪恶，给观众留下深刻的印象，何塞·费勒自己也很满意这个角色，并不介意是否是主角。

上了年纪的观众当然记得何塞·费勒的传记电影《大鼻子情圣》（*Cyrano de Bergerac*），这部讲大鼻子情圣的片子让他得到了1950年的奥斯卡男主角奖。

近年来传记电影大行其道，凡是演员想得到什么奖，都要找一个历史人物来演，像2017年演丘吉尔的加里·奥德曼（Gary Oldman）。当今的化装技术极佳，两个在体形、容貌完全不同的人，也化得非常相似，加上演技的高超，连性格也能演绎出来，不像1950年拍的《大鼻子情圣》——主角只粘上一个木偶式的大鼻子。

我们常说真实人物的故事比小说更神奇，真实人物的故事的确精彩，令好莱坞乐此不疲地拍下去，反正历史人物多嘛，越早的越好写剧本，越近的越难了，《至暗时刻》（*Darkest Hour*）几乎是个奇迹，其实演丘吉尔的话，在身形外表上得来轻而易举的反是约翰·利思戈（John Lithgow），他在Netflix（美国奈飞公司）制作的《王冠》（*The Crown*）中演来毫不花气力，没有人相信他是一个大美国佬。

IMDb①选出的一百部自传式电影中，排到首位的是《辛德勒的名单》（*Schindler's List*，1993），观众多数在这部电影出现之前不知道辛德勒此君是谁，故事要怎么讲就怎么讲，都不觉有何稀奇，而排名第四的《愤怒的公牛》（*Raging Bull*，1980）对应的真实人物有许多纪录片和照片，演员扮起来也的确不易。主角罗伯特·德尼罗（Robert De Niro）难演，从体重增加到拳击技巧的出神入化，都是一番心血。

罗素·克劳（Russell Crowe）来演数学家约翰·纳什（John Nash）时，纳什还在世，不过看过真人的照片和这个澳洲明星两人根本没什么关联，他演他的，这片子成功完全是导演朗·霍华德（Ron Howard）的功力，《美丽心灵》（*A Beautiful Mind*）排名第八。

---

① 即Internet Movie Database（互联网电影资料库）。

有时候找到一个红极一时的演员，要拍什么传记片都行，莱昂纳多·迪卡普里奥（Leonardo DiCaprio）演霍华德·休斯（Howard Hughes）时身材肥胖臃肿，嘴上两撇小胡子，就要演英俊潇洒的休斯，怎么讲也讲不过来，休斯留下大量的纪录片，本人个性又太强，这个《飞行家》（*The Aviator*，2004）还没开拍已注定失败。

外形相像还是能加分的，像本·金斯利（Ben Kingsley）来演甘地，在《甘地传》（*Gandhi*，1982）中，一定得奥斯卡金像奖，埃迪·雷德梅恩（Eddie Redmayne）在《万物理论》（*The Theory of Everything*，2014）中演的霍金，都是很好的例子。

完全靠演技来说服观众的，有米歇尔·威廉姆斯，她那么一个家庭主妇的形象，扮一个冶艳性感的玛丽莲·梦露，而且演得那么神似，的确是不易的事，在《我与梦露的一周》中她就做到了。

当然，我们也不能忘记玛丽昂·歌迪亚（Marion Cotillard）在《玫瑰人生》（*La Môme*，2007）中演的法国歌手伊迪丝·琵雅芙（Édith Piaf）。

中国大陆（内地）和港台地区找传记人物来拍的电影不多，故事也不够深入，虽说讲故人，也不大胆描述，谈阮玲玉的电影《阮玲玉》（1991）不行，讲萧红的《黄金时代》（2014）也不是那回事，反而是意大利拍的《末代皇帝》（*The Last*

Emperor，1987）有点传记人物的味道。

好莱坞还是乐此不疲，讲画家的尤其拍得多，早在1956年就拍了梵高的《梵高传》，当年的美国电影导演的艺术修养还是有些底蕴的，文森特·明奈利（Vincente Minnelli）懂得画家的心理，只可惜男主角柯克·道格拉斯（Kirk Douglas）什么电影都演得过火。

最浪漫、最神似、一切天衣无缝的制作，是《红磨坊》（1953）（请注意，千万别与2001年澳洲人拍的劣片混淆），导演约翰·休斯顿（John Huston）的艺术修养极深，把19世纪的巴黎红灯区全部在摄影棚中搭了出来，也同样用了何塞-费勒当男主角，将侏儒画家亨利·德·图卢兹-罗特列克（Henri de Toulouse-Lautrec）不用特技，也毫无破绽地表现出来，更难得的是拍出了画家的疯癫和对美的追求，这是电影史上一部完美的传记电影，各位如有机会遇上，千万不能错过。

何塞·费勒原来还是一个波多黎各人，跑到好莱坞闯天下，作品大起大落，到了老年，角色少了，连成龙的《杀手壕》也接来拍。他毫不讳言，为了钱什么都干，但他也善用金钱，结婚四次，付了巨额赡养费，老年似乎过得好。美国的演员公会由他组织，造福了不少失业的同行，他的一生也足够拍一部传记电影。

如何看电影学英语？

"这个人，是好人，还是坏人？"小时候看电影，我常问姐姐。

当年也有中文字幕，在银幕下面有条白色的阔幕，从幻灯片打出手写的中文来，不像现在的印在菲林上。字幕当然是简译，有时翻译者听不清楚，就干脆不打字幕出来了，我当然看得糊涂。

生气，发誓要学好英语，听明白每一句原来的对白，所以早上到中文学校，下午上英文课。我就是在这种情形下，学会英文的。

我的学习过程没有成龙那么悲惨，他未成名前跟着父亲到澳洲，在餐厅里当三厨，职位是把各种食材选了放在一个铁盆里，方便大厨下锅炒。递给他的是一张英文的字条，他看不懂，哭了起来。

在公路上,他不知如何转弯,走了很多冤枉路,后来从每一个路名的开头字母学习,才找到出口。

在香港成名后去了好莱坞,嘉禾老板邹文怀先生为了要他学多一点英语对白,就不准经纪人陈自强跟去。成龙临行,向陈自强学了三个英文词。

"面包怎么讲?"

"bread。"经纪人说。

"牛奶怎么讲?"

"milk。"

"鸡蛋怎么讲?"

"egg。"

bread、bread、bread。milk、milk、milk。egg、egg、egg。成龙念了几遍,自信地说:"行了,我可以叫早餐了。"

到了好莱坞,入住最高级的比华利山半岛酒店,早上一下楼,走进餐厅,侍者恭恭敬敬前来。

"Bread."成龙说。

"Yes,Sir!"(是的,先生!)对方鞠躬。

"Milk."

"Yes,Sir!"

成龙这下子可得意忘形了，向侍者下命令："Egg!"！

对方问："How do you like it done, Sir? Scrambled? Fried? Poached?"？（要怎么做呢？炒？炸？煮？）

成龙望着侍者，用英语回答："No egg."。（不要蛋。）

后来由他讲出来，这事当然是笑话。经过他苦学，在短短的数年内，已能操一口流利的英语，就算是上名嘴大卫·莱特曼（David Letterman）的访问节目，他也回答得头头是道。

还有那章子怡呢，你可以不喜欢她，但不得不佩服她从一句英语也不会讲，在一两年之内也能接受英语访问。

这证明了什么？证明只要肯学，外语一定会讲。当演员的也许在语言上有点特别的才华，但就算普通人，多点努力，照样能够掌握外语。

"那是他们在外国生活，逼得不讲不可，所以才学得那么快；我们周围的人都讲华语，讲好外语是不行的。"有人那么抱怨。

胡说八道！我一生见过不少英语讲得好的人，都是在本土自修得来的，从来也没去过外国。

学会了讲，跟着看懂英文文字。多少报纸、杂志就出现在你眼前，无数的小说和社论就进入你的脑。学识带来了知识，是看世界的眼光。

"英文我不会，但也照样能沟通呀！我们的国家，只要用一种语言就够了。"日本人曾经那么说过。

他们怎么自大也好，一遇到外国人就避开，不是不友善，而是害臊。自卑感作祟，令到他们变得矮小。

我绝对不是崇洋，但是觉得英文不可不学，至少当今世界上的共同语言还是英语。我们想多点表达自己，就得多学几种语言，好处也不必多说了。

反正要学的话，就得学标准的。英语有多种，英国人讲的、美国人讲的、澳洲人讲的，都不同。加州的英语，像大兵英语（GI[①] English）最不好听，是二流英语。一口澳洲腔，每一句之间还夹着 mate（*老友、同胞*）的，更是九流。

标准的英语，是女王的丈夫菲利普（Philip）的英语，他本身是希腊人，学的不是令人讨厌的伦敦腔。美国东部的英语也标准，像格利高里·派克（Gregory Peck）、格蕾丝·凯利（Grace Kelly）、奥黛丽·赫本的。英国演员詹姆斯·梅森（James Mason）的极为动听，演莎士比亚剧的舞台剧演员约翰·吉尔古德（John Gielgud）的更让人听出耳油。

要送子女到外国留学，我绝对赞同到英国去好过到澳洲。

---

① 是 general infantry 的缩写，泛指美国的陆军。

英语难听起来，非常刺耳，像新加坡人讲的英语，多数是由潮州句子翻译过来的，土音甚重，但要成为出人头地的人，却都可以讲一口漂亮的英语，像李光耀的，就没有新加坡腔。

别以为学一种不同的语言是件难事，只要有心，就能学到。我已经不知道说过多少次，要学的话，最方便的办法就是先听。

买一套自己喜欢的电影，卡通片也好，动作片也好，放进DVD机内，看几十遍，到了滚瓜烂熟的地步，英语自然脱口而出！

不相信？试试看你就知。

附录
蔡澜的影视单

人间至趣

有什么好看的电视剧？

近年来的电影，甚少新意，本来天天至少要看一两部的我，已转去欣赏电视剧集。当今的拍得十分精彩，又有时间和空间去描述剧中人物，让人看得不吃饭、不睡觉，昏天地暗，乐不可支。以下推荐的，全属个人口味。

一、我认为至今拍得最好的，是《唐顿庄园》（*Downton Abbey*，2019）制作，描述20世纪的英国贵族一家，以及他们的仆人之上下阶层生活，每一个人物都有戏，服装和道具讲究得不得了，细看各女主角身上名家的设计和老太太的手杖及白兰地玻璃杯，已是一大乐事。

二、《绝命毒师》（*Breaking Bad*，2008），一个患了癌症的化学老师，阴差阳错走上制毒之道。所有桥段，都是观众预料不到的，当今已拍到第五季，一季比一季好看。

三、《罗马》（*Rome*，2005），古罗马的政治和荒淫故事，制作成本之高，电影也不及，可惜拍了两季就因此而停拍，很值得一看。

四、《斯巴达克斯：血与沙》（*Spartacus: Blood and Sand*，2010），是《罗马》的低成本版本，增强了血腥与暴力性爱，令东方制作方咋舌。播出后成功，男主角却因患癌去世，后来再拍前传，又换主角续之，还在不断地制作下去。

五、《广告狂人》（*Mad Men*，2007），以20世纪60年代纽约广告界为背景，当时是香烟广告的天下，人物烟抽个不停，有观众笑说看了也得肺癌。历史考据无微不至，我们这些在该年代生活过的人看后更加过瘾，没经历过该年代的观众也感觉津津有味，继续拍下去。

六、《权力的游戏》（2011），外国人的神化版《三国志》，每一季都有看头，制作亦不马虎。

七、《单身毒妈》（*Weeds*，2005），小镇的家庭主妇，丈夫死掉之后，为养活两个儿子而贩卖大麻，是个黑色喜剧，完全没有道德感，也只有美国才容许这样的制作。剧集大受欢迎，一直拍下去，一共八季，观众看着那大眼睛的儿子长大，异常亲切。

八、《朽木》（*Deadwood*，2004），很不一样的西部片，非常写实，对白分文质彬彬的东部美国人和充满粗口的西部淘金者，趣味盎然。可惜拍到第三季之后受到压力，没那么大胆，因此被观众遗弃而停播。

九、《大西洋帝国》（*Boardwalk Empire*，2010），大导演马丁·斯科塞斯（Martin Scorsese）监制，大成本制作，描述美国禁酒年代，男主角史蒂夫·布西密（Steve Buscemi）为了生存，不择手段，令人留下深刻印象，但抢戏的却是演他弟弟的迈克尔·皮特（Michael Pitt），此君今后必成大器。

十、《谋杀》（*The Killing*，2011），由北欧剧集改编的侦探片，人物演出皆优秀，摄影尤其精湛，拍出了寒冷的气氛来。剧情虽缓慢，也能吸引观众一季季看下去，不感到沉闷。

十一、《都铎王朝》（*The Tudors*，2007），英国国王亨利八世的一生，把所有东方制作的宫廷剧都比了下去。国王的性生活亦活生生呈现出来。在娱乐之中了解历史，较教科书有趣得多。

十二、《千谎百计》（*Lie to Me*，2009），由演技派蒂姆·罗斯（Tim Roth）担任主角，以研究人类表情来破案，用政治家撒谎的照片来引证，当今这论说也在事实上得到肯定，是侦探片中较有知识性的一部，但因不能得到一般观众支持而停播。

为什么这些剧集比电影制作有趣？第一、它们不必像暑假的大片，必老少咸宜，不会让人看得不过瘾；第二、我们没有想象到欧美的电视制作会那么自由，尺度会那么松懈，百无禁忌；第三、所有男女主角都是会演戏又肯裸露，剧集中用的多数是未成名的演员，可以搏到尽（拼尽全力）；第四、下重本；第五、摄影认真；第六、制作班底优秀，编导人才一流；第七、一集一集追固然佳，但完成后出影碟，更能一口气看完，有如广东人煲的老火汤，又浓又好喝，"煲剧"这个名词用来形容极好。

其实电视剧集这个传统不是今天形成的，它由迷你集、长寿剧集大全。早期已有《神探可伦坡》（*Columbo*，1971）、《陆军野战医院》（*M*A*S*H*，1972）、《双峰》（*Twin Peaks*，1990）、《X档案》（*The X-Files*，1993）等等显著的成绩，到了近年，《黑道家族》（*The Sopranos*，1999）、《24小时》（*24*，2001）、《迷失》（*Lost*，2004）发扬光大。

1998年的爱情片《欲望都市》（*Sex and the City*）大受欢迎，到2004年，《绝望主妇》（*Desperate Housewives*）受到广大的女性观众追捧，我嫌《欲望都市》中的女主角莎拉·帕克（Sarah Parker）太丑，看不下去。

近期也有不少以美国的少男少女为主角的片集，我都认为蠢得交关，无法入眼，尤其是那些很多人喜欢的吸血鬼、僵尸剧集，像《真爱如血》（*True Blood*，2008）、《吸血鬼日记》（*The Vampire Diaries*，2009）等，而僵尸片集，只有《行尸走肉》（*The Walking Dead*，2010）拍得较为出色。

改编自小说《福尔摩斯探案集》的《神探夏洛克》（*Sherlock*，2010）也有很多人欣赏，我讨厌那男主角的造型。另有各类侦探片集，如《嗜血法医》（*Dexter*，2006）等，都只看首集之后再没兴趣追了。永恒的侦探片集，还是《大侦探波洛》（*Agatha Christie's Poirot*，1989）或近年的《神探阿蒙》（*Monk*，2002）耐看。

受大众欢迎的还有《越狱》（*Prison Break*，2005），我觉得牢狱戏看多了会忧郁。至于大受影评人欣赏的《火线》（*The Wire*，2002），还是不如《谋杀》，那剧集用的黑帮话和黑人语言，以及警方术语，都不易懂，就连精通英语的欧美观众也说要看字幕，我耐心煲完剧，觉得不看也没什么损失。

日本电影经典名作

好友俞志钢兄移民温哥华多年，生有一幼子，他已二十出头，热爱电影。志钢兄为了他，组织了一个家庭电影俱乐部，专放一些经典之作给小儿子和他的一群友人观赏。

欧美电影，他们的资料齐全，但对日本片认识不深，要我推荐。我先送了一部《黄昏的清兵卫》的DVD给他们，看后说："黑泽明以来，最好的片子！"

对导演山田洋次大感兴趣，我再寄了《隐剑鬼爪》，众人惊叹："把武侠小说拍成那么有艺术感的，还是第一次看！"

从此，对我的推荐大为信任，要我多介绍，列出一份必看的日本电影经典名单。我心中有数，但碍于许多片子都没出DVD，我介绍了他们也看不到，只选出市场中买得到的，以供参考：

《丹下左膳余话·百万两之壶》，山中贞雄导演。丹下左膳是个独眼的剑客,歼奸助弱。拍得那么有水平,打斗又是那么痛快,极为罕见。

《人情纸风船》,也是山中贞雄的作品,是他二十八岁时的代表作,描写了江户时代各种小人物的生活,极有趣,是了解日本文化最直接的办法之一。

《晚春》,小津安二郎导演,讲的是一个父亲和迟婚女儿之间的感情和对话,富有人情味,并有淡淡的哀愁。

《七武士》,黑泽明的巅峰之作,将武侠和艺术熔于一炉,故事被后来的导演抄袭又抄袭,总不及原片好看。

《我出生了,但……》,又是小津安二郎的杰作,从小孩子眼中看大人,不但有艺术性,而且让观众笑坏肚皮。

《无法松的一生》,稻垣浩导演。讲一个人力车夫暗恋一位寡妇,但又不敢示爱的感情,艺术性和商业性兼顾。后来有三船敏郎的重拍版,不及原片。

《青色山峦》前后篇,由石坂洋次郎的名著改编,今井正导演,为青春讴歌,是了解早年男女学生生活的最佳作品。

《稻妻》,成濑巳喜男作品,他是一个最会描写女性的导演,手法细腻,故值得观赏。

《东京物语》,又是小津安二郎的片子,讲一对老夫妻从乡下到东京去看儿女的平凡故事,当年的银座实景拍得极详细,可有诸多回味。

《君之名》，由电台爱情小说改编，非常老土，但也可以观察当年年轻人的恋爱观，前后三部作品，一共六小时。

《哥斯拉》，第一部日本特技科幻片，圆谷英二任特效导演，从此片演变出后来的《假面骑士》等电影，有它的历史价值存在。

《夫妇善哉》，由织田作之助的原著改编，本田四郎导演，描写战前大阪人的生活，剧情风趣。"夫妇善哉"后来也成为红豆沙和糯米做的甜品的名称。

《浮云》，改编自林芙美子的原著，成濑巳喜男导演，讲派到越南的技术人员爱上女同事的故事。后来他们回到日本，继续相爱，但又不能结合，剧情感人，尤其是分开之前两人在温泉中共浴的那场戏，令人难忘。

《雪国》，由川端康成的原著改编，写已婚之夫和艺伎之恋。艺伎对这个成熟男人的爱慕，超越了一切，是上了年纪的男女才能体会的剧情。

《缅甸的竖琴》，市川昆和妻子——剧作家和田夏十合作的电影，好战的日本民族有此反战电影极为难得。

《疯狂的果实》，中平康导演，描写经济起飞后的反叛青年的作品，演员石原裕次郎因此一炮而红。中平康后来到邵氏重拍此片，名为《狂恋诗》。

《宫本武藏》，数度被拍为电影，最好的是由中村锦之助主演的这一版，比三船敏郎的好。

《东海道四谷怪谈》，黑白片，由中川信夫导演，西本正摄影，创新手法，前所未有，后来才拍成彩色片。恐怖之余，也拍得悲情和艳美。

《座头市物语》，盲侠片集的第一部，黑白片，胜新太郎主演，其演技出神入化。片中描述盲人之精彩片段，多过动作片段。

《忍者》，由社会派导演山本萨夫拍的武侠片，为描述忍者生涯最详细和动人的一部片子。

《日本昆虫记》，今村昌平导演，描写在战后混乱之中，一个女人如何用各种手段生存下去的故事，女主角左幸子得到柏林电影节的最佳女主角奖。

《砂之女》，由插花名派草月流的传人敕使河原宏导演，拍摄得前卫和大胆。女主角砂中裸露的镜头，让我记忆犹新。

《砂之器》，由松元清张的侦探小说改编，讲一音乐家为名利杀人的故事，拍摄得非常凄美。推理片能够如此艺术化，空前绝后。

《山打根八番娼馆·望乡》，由左派导演熊井启导演，描写一个军妓的悲惨故事，非常感人，值得一看。

《红牡丹赌徒》，此片的价值在于女主角富司纯子，她演一个女赌博师，虽然片中尽是黑社会武打戏，但她的那种纯情和优美，是日本女人中最漂亮的一个。

《东京奥林匹克》，纪录片，市川昆导演，用一百架摄影机拍摄，不只拍胜利者，也拍失败者的表情，是纪录片中非常出色的作品。

《怪谈》，小林正树导演，由四个短故事组成，为鬼怪类电影中拍得最美丽的一部。

《葬礼》，伊丹十三导演的处女作，把一个严肃的葬礼拍得趣味盎然，极为难得，后来的《蒲公英》也承继其风。

《寅次郎的故事》，志钢兄和儿子要研究山田洋次，这个剧集必看，再也没有其他导演拍日本人的善良和劣根性拍得如此淋漓尽致。一共有四十八部作品，故事的人物、剧情都一样，但百看不厌，是个奇迹。

主角渥美清死后，山田洋次继续拍《钓鱼迷日记》，讽刺日本公司的老板和下属的关系，也成为长寿剧。

《幸福的黄手帕》，由美国的短篇小说改编，是山田洋次的小品。高仓健演一个出狱的犯人，回到家里过程中的种种悲伤和喜悦，亦非看不可。总之，志钢兄说得对，黑泽明之后，只有山田洋次了，他的每一部作品都好看。

十大电影

最近,微博上有许多网友问我最喜欢的十部电影是什么?忘记我有没有写过,但是像喜欢看的英国电影杂志《视与听》(*Sight and Sound*),每年都要选一次,每回有点内容更换,我那十部却不变,如下。

一、《2001太空漫游》(1968),斯坦利·库布里克(Stanley Kubrick)导演。

这是一部空前绝后的电影交响曲,主题是人与计算机;开场决斗那段,大家都看得懂,一下子被吸引,其他的看得莫名其妙,但每看一次就多了解一点,像交响曲每听一次就听出一种乐器,乐趣无穷。这部电影在科幻片中被称为"母亲",以后拍的都是子孙,到现在还没有一部超越得了它。

二、《金玉盟》,莱奥·麦卡雷(Leo McCarey)导演,雅俗共赏的片子——说是容易,其实很难,得天时地利配合得好，俊男美女的组合，加上那美丽的爱情故事，才成为永恒的经典。之后的好莱坞电影，有多部是拍来向这部电影致敬的。这部电影的主题曲摄人心魄，总令人毕生难忘。

三、《日出时让悲伤终结》（*Tous les matins du monde*，1991），英文名是*All the Mornings of the World*，讲了一个演奏古乐器的音乐家，为荣华富贵牺牲所爱而后悔终生的故事。男主角由热拉尔·德帕迪约（Gérard Depardieu）扮演，年轻的他由他的儿子吉约姆·德帕迪约（Guillaume Depardieu）扮演，无论选角、摄影、灯光、道具、服饰，都是天衣无缝的。

四、与上一部电影是同样的题材，也是斯坦利·库布里克导演的，《巴里·林登》（*Barry Lyndon*，1975）是历史剧，故事老套得不得了，和谢贤在粤语残片中演的不顾一切往上爬的年轻人一样，但该片拍出极高的境界来。值得一提的是它的摄影，每帧画面都像名画的重现，不打一支人造灯，全靠太阳和蜡烛照明，前所未有。

五、《城市之光》（*City Lights*，1931），卓别林导演，他的电影可选入的多不胜数，像《淘金记》（*The Gold Rush*，1925）、《摩登时代》（*Modern Times*，1936）和《大独裁者》（*The Great Dictator*，1940）等，为什么是这一部呢？因为它是完美的，卓别林为了它差点陷入疯狂，后期工作也花了近两年的时间。故事围绕着流浪汉和一位盲了眼睛的卖花女，他不顾一切地赚钱医好她，卖花女看见东西之后，每天等待着这位公子哥儿到来，最后看到的是一个流浪汉，而不敢认出是他。此片的主题曲是后来才加上去的，作曲的当然也是卓别林本人。

六、《黄昏之恋》，比利·怀尔德导演，戴蒙德（I.A.L. Diamond）做编剧，他们两人合作的经典众多，我常犹豫要选这一部还是他们的《热情如火》（*Some Like It Hot*，1959），但再三思考后，还是觉得这一部的编剧手法是可以作为教科书的。合情合理的笑料不断出现，又温情无比，绝对值得一看，主题曲《迷惑》（又译为《迷恋》）至今还是萦绕于耳边。

七、《卡萨布兰卡》，迈克尔·柯蒂兹（Michael Curtiz）导演，在电影工厂制度下拍出的雅俗共赏的经典。导演也是一位极平凡的人物，本片的成功是属于奇迹类，不可多得。故事传承了《双城记》（*A Tale of Two Cities*，1935）为爱人牺牲自己的精神，女主角英格丽·褒曼（Ingrid Bergman）当年最成熟迷人，男主角亨弗莱·鲍嘉（Humphrey Bogart）是一极丑的人物，也不懂什么叫演技，但就是当红，有什么话说？配角克劳德·雷恩斯（Claude Rains）和彼得·洛（Peter Lorre）都是完美的配搭，主题曲《当时光消逝》由赫尔曼·胡普费尔德（Herman Hupfeld）创作，无人不晓。负责全片配乐的是马克思·斯坦纳

(Max Steiner),乱世佳人(*Gone with the Wind*,1939)的配乐也是他的手笔,其中被盛传的对白"Play it again, Sam."(**再奏一次吧,萨姆**),在片中没有讲过。

八、《七武士》(1954),黑泽明导演,一向被认为是武侠片,但绝对是一部完美的电影,手法、演员和其他部门的制作都是顶尖的,连一个酒壶也考究一番,片中的打斗细节——人、马、大雨和泥泞——都极难拍出。胡金铨曾经说过,也许有一年他会拍出比此戏更高的水平,但永远没有那么强的精力去拍那场打斗戏。

九、《捉贼记》(*To Catch a Thief*,1955),希区柯克导演,希区柯克的电影以悬疑、惊栗见称,其实他底子里是位充满柔情的人物,他大概极爱女主角格蕾丝·凯利,但又追求不到,把她拍得美如天仙,又非常性感。戏中美景如画,又加上巧妙的破案情节,令观众一看再看,无论年纪大小。

十、《野蛮入侵》(*Les Invasions Barbares*,2003),丹尼斯·阿康特(Denys Arcand)导演,这部戏大概没有一个影评人会选中,我喜欢的原因是它能用最令人愉快的方法去讨论死亡,让人看完之后只有淡淡忧愁,所讨论的观点已超越了人文和道德。虽然少人欣赏,但此片得过2004年凯撒奖(法国的最高奖)最佳影片奖,第76届奥斯卡金像奖最佳外语片奖也给了它。

美食片遗补

遇到朋友，最受欢迎的话题还是电影，向陌生人破冰，也是最好的沟通话题，电影和美食电视节目谈个三天三夜也谈不完。

最近又想不出什么题目写稿，好友问道："为什么不写美食和电影？"

其实我早在2012年写过，在一篇叫《饮食佳片》的散文中，要讲的已经全部说完，又不想重复，如果有书友想知道我用这个题材写些什么，翻旧稿去好了，科技已那么发达，一下子就能找到。

有些看过这篇东西的朋友问："你讲的《饮食佳片》里为什么没有《寿司之神》（*Jiro Dreams of Sushi*，2011）这一部呢，拍得很好呀！"

第一，好与不好，完全是个人的观点，要选哪一部来谈，也是我个人的决定。不过，我不是不讲道理的，《寿司之神》这部片子的确拍得不错，不过是纪录片，不是剧情片，谈好的美食纪录片，又有一大篇文章可做。

第二，《寿司之神》中讲的二郎，我并不欣赏，我对寿司的感觉是想点什么就点什么，不是二郎那般塞一大堆你爱吃也好，不爱吃也好的海鲜，还要加上十几二十个饭团到你胃中去。对的，二郎敬业、乐业，做一切都严谨，鱼虾贝类都选择最好的，饭团之中有几粒米都要算清楚，但是，日本的职人哪一个不是这么挑剔？只有粗枝大叶的西方人才大为感动，惊为天人，这也解释了米芝莲一到东京，给那么多星。

重读旧作，发现遗漏的美食电影甚多，像《心灵厨房》（*Soul Kitchen*，2009）、《美味情缘》（*No Reservations*，2007）、《美食、祈祷和恋爱》（*Eat Pray Love*，2010）、《朱莉与朱莉娅》（*Julie & Julia*，2009）等。

可惜的是，这些作品虽然在谈美食，但是现在提起却一点印象也没有。要是电视上回放，我也会当是刚上映的新片看看的。

有一部倒是记得清楚，那是史蒂文·斯皮尔伯格（Steven Spielberg）和大红大紫的黑人节目主持人奥普拉·温弗瑞（Oprah Winfrey）监制的《米其林情缘》（*The Hundred-Foot Journey*，2014），也许在好莱坞看来这是一部小成本的制作，但比起那些特技片，已是花了很多钱。

没有什么大明星演员，最贵的一个演员是演餐厅女老板的海伦·米伦（Helen Mirren），已是老牌演员了，片酬贵不到哪里去，其他的都寂寂无闻，演父亲的欧姆·普瑞（Om Puri）在印度大有来头，是被尊重的性格演员，演男主角的曼尼什·达亚尔（Manish Dayal）一直在美国挣扎，但当时还爬不起。

令我记得此片的是另一女演员夏洛特·勒·邦（Charlotte Le Bon），她在法国电视台主持过给知识分子看的清谈类节目 *Le Grand Journal*，本人是个时装模特儿，不过她说过很讨厌这份做了8年的工作，负责的电视节目主要是讲天气，但对白她自己写，分析天气也能分析得有趣而生动，实在不容易。2012年，她开始拍电影《高卢英雄拯救英格兰》（*Astérix et Obélix: Au Service de Sa Majesté*），然后又拍了《泡沫人生》（*L'écume des jours*，2013）和《行军》（*La marche*，2013）。2014年，她在《伊夫圣罗兰传》（*Yves Saint Laurent*，2014）中演圣罗兰的女神，后来演了票房失败的《云中行走》（*The Walk*，2015）之后，观众以为再也见不到她，岂知她反弹起来演了《承诺》（*The Promise*，2016）和动作片《巴黎危机》（*Bastille Day*，2016），另外又主演了两部法国片，自己也导演了一部叫《朱迪斯酒店》（*Judith Hôtel*，2018）的短篇电影，之后也做了很多不赚钱的工作，像街头表演等。

勒·邦样子甜美，又是一个知识分子，我很喜欢。

观众对美食电影似乎乐此不疲，在2015年用大明星布莱德利·库珀（Bradley Cooper）拍的《燃情主厨》（*Burnt*），花大量制作费，但没得到好评。反而是乔恩·费儒（Jon Favreau）拍的《落魄大厨》（*Chef*, 2014），用一千一百万美金罢了，就赚到四千六百万。他自己是一个喜欢美食的人，拍厌了大制作的特技片，说不如来拍一部讲美食的玩玩看，结果从韩裔大厨崔罗伊（Roy Choi）的经历中得到灵感，用快餐车为主题，自己当男主角，拍了这部片子，虽然不是什么可以像《巴贝特之宴》（*Babette's Feast*, 1987）或《蒲公英》（1985）那种可以进入美食佳片殿堂的巨作，也甚为清新可喜。

外国的影评人很尖酸刻薄，见到美食电影大行其道，把那些不值一提的称为"Food Porn"（**食物色情片**），一沦为这类，就永不翻身了，好在《落魄大厨》不在此例。

虽然不是生人演出，但卡通片《美食总动员》（*Ratatouille*, 2007）就不失为一部好的美食电影。故事说厨子和美食评论家的斗争，但是打败评论家的不单单是这部片子。以前提过的《狂宴》（*Big Night*, 1996），更对食评家打了一大巴掌。

有些朋友抗议说："为什么不提周星驰的《食神》（1996）

呢？它也不失为一部好的美食电影！"

　　很对不起，这部戏拍的尽是美食，但与美食搭不上一点关系，是部特技功夫片。